汉字美学通识系列　第二辑

美哉汉字

The Elegance
of Hanzi

编著 / 王静艳　计国彦　孙明远

上海人民美術出版社

图书在版编目（CIP）数据

美哉汉字 / 王静艳，计国彦，孙明远编著 .-- 上海：
上海人民美术出版社，2024.3
（汉字美学通识系列）
ISBN 978-7-5586-2803-0

Ⅰ.①美⋯ Ⅱ.①王⋯ ②计⋯ ③孙⋯ Ⅲ.①汉字—
基本知识 Ⅳ.① H12

中国国家版本馆 CIP 数据核字 (2023) 第 185436 号

本书受上海大学上海美术学院高水平建设经费资助

（汉字美学通识系列）

美哉汉字

编　　著：王静艳　计国彦　孙明远
责任编辑：潘　毅
技术编辑：齐秀宁
助理编辑：郁煜淑婷
书籍设计：上海韦堇印务科技有限公司
出版发行：上海人民美术出版社
　　　　　（上海市闵行区号景路 159 弄 A 座 7F　邮编：201101）
网　　址：www.shrmbooks.com
印　　刷：上海丽佳制版印刷有限公司
开　　本：720×1000　1/16　10.25 印张
版　　次：2024 年 3 月第 1 版
印　　次：2024 年 3 月第 1 次
书　　号：ISBN 978-7-5586-2803-0
定　　价：88.00 元

目　录

中国字体行业的荣衰反映了时代变迁中的文化、技术现象。历次荣衰，虽然各自有着不同的主导影响因素、不同的表现和成果，但均是中国社会从传统到现代的转型中，多种思想与技术碰撞后文化自觉的结果。

——孙明远

文以载道，学以成人，中国的文字设计就本质而言，并非外在的知识，而是内化的行动。如同我们无法从文本与知识上品尝水果，唯一的方法就是直接体验水果的滋味，而后酸甜自知。中国文字设计，与其说是一种技术，不如说是推动设计者觉醒的路径。

——蒋华

字体设计是体现"中和之美"的艺术，墨色匀称亦需要"致中和"。墨色不匀、跳跃不定的版面固然会影响阅读，过分匀称的墨色也会使阅读容易疲劳。总之，"墨色匀称"是适度的、协调的匀称。

——王静艳

儿童图画书文字设计种类丰富，各起着不同的作用，笔者将其概括为"传情"和"达意"。传情：情感传达、氛围营造、审美熏陶，不同的文字设计能带来不同的情感与审美感受。达意：传递信息、表现内容、识字习字，好的设计能提升阅读准确度和效率。

——张浩（张昊）

纵观近百年汉字印刷字体的发展，其受社会变迁、技术变革等诸多因素的影响，这个过程呈现出从脱离海外的影响到逐渐独立创新的态势，20 世纪初期的楷体和仿宋体字模的开发就是这种独立创新的开始。

——王金磊

汉字文献数字化的一个重要目标是搜索、统计以及类聚分析的准确性与便捷性。达到汉字文献数字化目标的关键是汉字的数字化处理，汉字数字化处理的关键是字量字种的统计与字表的制定，因为字量字种是标准字符集确定的前提。

——王平

"活字"以及"活版"作为专业词汇因文化交流于 1700 年前后从中国传入日本并逐渐普及，而因《武英殿聚珍版程式》的影响，在 18 世纪末期出现了从"植字版"一词至"活字版"的变化。此外，日本使用的"活字""活版"之词汇与英语的 movable type 并无任何关系。

——［日］内田明

孙明远 译

在西夏字体项目中，设计团队体会到"想象力是有局限的"。遇到全新的、汉字中不存在的笔画时，设计师须要查阅对比大量古籍文献，和西夏文专家讨论，改进笔画组合和笔画方向，从字源上对各类西夏字体进行转换和认定，"让西夏字体更像西夏"并非一个能简单实现的目标。

——刘钊 / 杨翕丞

基督教新教传教士们在中国、日本等地开发了三号、五号韩文活字，拼合活字，加上此前在欧洲开发的连绵体韩文活字，构成了韩文活字字体的最初面貌。过程中，他们为解决拼合活字中字体狭长、字形崩溃等情况进行了种种探索，特别是在谚解圣经的印刷中，针对汉字和纯韩文排版进行了最初的探索。

本文仅概述了部分西方传教士开发韩文活字的活动，还有大量的资料和历史事实湮没在历史的尘埃之中，这一时期的韩文活字开发活动，是东亚汉字文化圈中活字字体开发的最初成果之一，对今后进一步研究东亚活字印刷有着重要的意义。

——［韩］刘贤国

孙明远 译

汉字是形、音、义的统一体，形、音、义之间相互关联。从古至今，汉字的形体、读音和意义都发生了不同程度的变化，但是汉字的性质并未发生根本变化，都用表意的方式记录汉语，并利用音符、意符等符号将汉字进行了立体的建构。

——顾军

序 言

序言一

国学大师饶宗颐曾言："造成中华文化核心的是汉字，而且成为中国精神文明的旗帜。"我深以为然。中华文化之所以有惊人的持续性和超强的能量，是因为中国人永不放弃汉字，永远敬重汉字，永远以汉字为荣。这种核心地位在艺术领域更为显著，由汉字的书写、契刻而形成的书法艺术是中华艺术的"艺中之艺"，在黑与白、浓与淡、虚与实、动与静的对立中，建立了独特的"中和之道"审美坐标，成为中华艺术的集体意识。

更为奇妙的是，汉字艺术并不单纯地以"艺术作品"的形式存在，而是融入每个人的日常生活中，成为民众审美洗涤最为重要的部分。典型却隐蔽的例子是，我们现在所用的印刷字体，如宋体、仿宋体，脱胎于宋代以来的雕版楷体。那些雕刻于木板上的工整汉字最大程度体现了刻书者对名家书迹的追崇。宋本的浙本多用欧体，福建本多用柳体，自然而然地，此时的字体设计是书法的分支，完全尊崇书法的规律。随后，经过数百年的发展，从"写刻"中慢慢发展出"匠刻"，宋体字逐渐成熟。宋体尽管有别于楷体，但也是从楷体变化而来的，继承了汉字内在的审美规则。之后的仿宋体乃至黑体，这些文字设计在润物无声地影响着中国人。随着数字时代的来临，王羲之、欧阳询等名家书迹，乃至曹全碑、爨宝子碑等名碑都可以被复刻为字库字体，甚至提取典型特征形成新的印刷字体、屏显字体，让经典长存、时时熏陶。

现代的中国人是幸福的，可以随时穿越时间洪流与古人对话，可以随处使用来自最优秀书家的字体。对此我们却常常视而不见，原因不是它们离我们太远，反而是因为太近了，如此广泛，如此普遍。我们目所能及的汉字世界，早已变成了一个"艺术化"的世界，以至于我们根本不需要特意用"艺术"的眼睛来关注，因为它就在那里，就在身边。这样的享受，绝不是一般的"记录语言的符号"所能给予的。

作为这项任务的承担者，汉字设计师既是传统文化的转译者也是现代审美的守护者，任重而道远。这是责任，也是勇气。

上海大学上海美术学院于 2017 年成立字体工作室，借助上海作为中国现代字体设计发源地的优势，在教学和科研上为树立中国文字设计体系并确立中国文字设计独有的国际身份做出了自己的努力。"美哉汉字"作为上海大学上海美术学院主推的汉字文化品牌，6 年间汇聚了中、美、法、日、韩、越等国家和地区相关领域知名专家、学者坐坛论道，在国内外字体研究领域形成了学术影响力，通过展览、论坛、讲座、工作坊、夏令营、出版物，推动了字体设计学科的长足发展。

展望未来，我们要继续立足于中国，立足于东亚汉字文化圈，深耕中国文字设计话语权，确立中国文字设计独有的国际身份，并为此做长期和深刻的研究，并期待能为现代文明的多元化添加属于中国文字设计的一部分。

曾成钢，中国美术家协会副主席，中国雕塑学会会长，上海大学上海美术学院院长，清华大学美术学院教授、博士生导师，中国文联全国委员会委员，教育部高等学校教学指导委员会委员，《学院雕塑》主编，《中国雕塑》出品人，《新海派》主编。研究方向为中国传统雕塑语言现代转化研究。

序言二

互联网与人工智能的快速发展，不仅极大地改变了信息沟通传播的方式，也因其突破了许多语言文字传播的障碍，为我们带来了文字在多语言平台使用的理论问题与审美诉求。这些诉求需要学者与设计师去关注，去研究。

20 世纪 80 年代到 90 年代，我在 Adobe 工作期间，解决多种文字使用环境下的字体设计、文字编排问题是一项常态工作，那时是基于拉丁文环境下，其他文字的植入或者转换是基于拉丁文印刷字体的技艺传承、使用规范与审美标准。今天，随着综合国力的增强，汉字在世界舞台上影响力逐日上升，更加频繁地与其他语言文字产生交集，成为主流语种。随着设计技术的进步，汉字字体设计与生产也正在飞速发展，不同媒介上，新的汉字字体不断出现，丰富着我们的视觉文化。这给基于汉字语境、中文使用标准与审美下的多文字共存，带来了许多值得研究的问题。

作为上海大学上海美术学院字体工作室的领衔专家，我一直支持工作室进行印刷字体方向的研究。在上海进行这个方向的研究有其历史根基和文化基础，尤其是对多语言平台下汉字字体设计的研究符合上海国际大都市的定位和需求，让学术研究能够反哺社会。

上海大学上海美术学院设计学科依托上海百年设计文化的深厚底蕴和国家大都市的资源集聚效应，围绕"上海设计"问题研究的核心使命，关注中国现代设计的都市范式。上海大学上海美术学院字体工作室更是立足上海放眼世界，在深挖上海印刷字体研究的同时关注汉字字体设计在周边国家的发展状况。字体工作室策划的"美哉汉字"论坛已经在上海大学上海美术学院举办了多次，相关的理论著作《美哉汉字》第一辑已经出版，今年我们将近三年的理论成果整理后出版第二辑，以期为学科建设、科学研究和社会美育做出更多贡献。

诗人流沙河在诗歌《理想》中曾说："理想如珍珠，一颗缀连着一颗，贯古今，串未来，莹莹光无尽。美丽的珍珠链，历史的脊梁骨，古照今，今照来，先辈照子孙。"我想说：文字亦如珍珠，一字关联着一字，贯古今，连未来，灼灼光无尽。美丽的汉字篇章，串起五千年的文化，古照今，今照来，先贤照当代。看当下，我们立足汉字看世界，期未来，我们探究汉字照进"中国梦"！

王　敏

王敏，上海大学上海美术学院特聘教授，中央美术学院教授、博士生导师，国际平面设计师协会（AGI）会员。曾任中央美术学院设计学院院长、AGI 中国区主席、AGI 执行理事、国际平面设计联合会副主席、2008 年北京奥组委形象与景观艺术总监。

序言三

近代以来，上海在中国汉字字体设计领域中发挥着举足轻重的作用。上海印刷技术研究所、上海字模一厂等机构在 20 世纪中后期汉字印刷字体设计和开发过程中，担当了引领者的角色，特别是他们保存下来的多数字稿在汉字字体数字化过程中成为优秀的母体。这些计算机字库在国际重要的软件平台上被使用，为世界上数量巨大的汉字使用者的书写和交流提供了便利。

上海大学上海美术学院字体工作室身处地利之优势，成立之初就肩负着文字设计教育与传播的责任，至今已成功举办了六届"美哉汉字"中国字体设计论坛。我作为其中的一员，深感荣幸。同时，我作为中国现代字体设计发展的亲历者和参与者，深感汉字在信息时代传播的重要性。近年来，我带领团队投身于全球字库的设计开发，思源黑体、思源宋体等字体的涌现标志着汉字字体设计进入了更多人的视野。一枚枚汉字不仅是产品，也是艺术品，更是文化使者，携带着中华审美的基因。在多元的世界里，我们必须思索如何将汉字的传统魅力和现代技术完美融合，以一种崭新的方式，为汉字赋予时代之美。

字体工作室近年立足上海并关注国际汉字设计及汉字有关的发展："中日韩统一表意文字"（CJK）的大字符集随着 1993 年国际化标准组织发布的 ISO10646 应运而生。我们关注到 CJK 字符集中同一汉字字形的异同，这对我们字体设计中的标准化问题有巨大的影响，CJK 是对中文（Chinese）、日文（Japanese）和韩文（Korean）三国文字的简称。其中还包括越南历史文献中的喃字（又称"字喃"）。虽然 CJK 中的汉字基本都源于中国，但是在发展演变中字形又产生了一些变化。书中一些专家的文章也是立足于这些发展过程的文化背景及相关知识进行了介绍。尽管我们开发的思源体也是基于 ISO 国际标准设计的，但是继续深入研究将为我们未来进行更多种字体的全球字库的设计提供坚实的理论及实践基础。

本次书籍的出版立足于国际视角，期望从国际化的角度来重新审视汉字字体设计，为字体工作室及上海未来在国际汉字设计方向的发展做好基础理论及研究的铺垫。通过此书，我们希望能为关注字体的朋友提供新的思路，激发字体设计灵感，有助于我们更深入、更全面地认识字体设计。

黄克俭

黄克俭，北京奥申委陈述报告多媒体总策划、华文字库创始人、上海大学上海美术学院特聘教授及博士生导师、中央美术学院客座教授及博士生导师、中央美术学院中国文字艺术设计研究中心原执行主任、北京华文时空文字技术有限公司董事长。

中国汉字平台字体设计

中华文明源远流长，墨香如影随形。从手写字体到照相排版，再到计算机技术的应用，新中国字体设计的发展历程体现出技术与社会的剧变，一代一代的开拓者不断学习、实践、传承、创新。未来，随着多方面研究和实践的不断深入，汉字的字体设计必将不断创新和拓展，呈现出更加绚丽多彩的面貌。

本章《中国汉字平台字体设计》收录文章的关注点在于字体设计实践、设计思想、设计方法、行业发展现状及其应用的语境等，既表现出字体设计在不同语境中的发展轨迹、形式、特点，也反映了字体设计的实践者和研究者对于汉字美学、设计方法的探索，更体现出当下汉字设计领域多样的生态特征。从这些文章可以看出，功能性、形式美和内在精神的追求等因素共同推动了中国汉字字体设计的进步。

编著者们期待，本章收录的文章能为当下以及未来汉字字体设计的发展提供更为广阔的思路、更多创造的可能性，从而推动中国字体设计多方面的研究与实践的拓展和深入，催生出未来更为辉煌的成果。

——编著者按

中国字体行业的历史、现状、问题点及展望

孙明远

孙明远

澳门理工大学艺术及设计学院副教授。2008 年于日本九州大学取得设计学博士学位，主要研究中日平面设计史、活字字体史等。代表作有《活字印刷の文化史》（勉诚出版，2009年）、《聚珍仿宋体研究》（科学出版社，2018 年）、《中国近现代平面设计和文字设计发展历程研究——从 1805 年至 1949 年》（厦门大学出版社，2021 年）、《方寸之间——汉字文字设计文集》（文化艺术出版社，2023 年）等。

【摘要】本文鸟瞰中国字体行业的整体发展概况并探寻现存的问题点，以期对中国字体行业的发展起到帮助。在社会、技术迅速变革的当下，中国字体行业迎来了第三次兴盛的契机。行业、社会和技术推动了字体行业的发展，同时也向其提出了更多、更高的要求。今日的中国字体行业无论从市场规模还是从新字体的开发频率、强度、数量、种类都超过以往，但是现状仍不容乐观。诸如版权意识的进一步普及、版权执法力度的提升、字体设计教育体系的建设、字体设计人才培养机制的健全、字体设计软件的开发、字库标准等仍然是亟须解决的重要问题。

【关键词】字体行业；现状；问题点；字体设计

本文旨在从历史、字库厂商的发展、字体数量和种类、字体开发技术、字体设计竞赛等角度梳理新中国成立后字体行业的历史和现状，探寻现存的问题点并讨论其未来发展趋势，鸟瞰中国字体行业的整体发展概况，以期为行业今后的发展提供指引。

近十余年来，在经济技术急速发展的背景下，汉字字体的设计和使用等受到社会各界的广泛关注，甚至形成了被称为"字体热"的社会现象。中国的字体行业获得长足发展，字体设计的相关报道和研究也逐渐增多。这些研究或关注困扰字体行业的版权环境，或讨论字体设计方法、字体设计教育，或研究中国字体设计的历史等方面，推动了字体行业进步，但以综合视角鸟瞰中国字体行业历史及现状的文章尚不多见。

本文首先回顾新中国成立后字体行业的起步和历史发展进程，讨论其荣衰的原因，其次从字体厂商、字体种类和数量、版权环境、从业人员、字体设计竞赛和字库技术等角度综述中国字体行业的现状，再次分析中国字体行业存在的问题，最后总结本文观点并对未来进行展望。

必须指出的是，因各种条件所限，本文的内容和数据均建立在不完全调查的基础之上，存在遗漏及不足，敬请谅解。

{本文在《中国字体行业的历史、现状、问题点及展望》[《印刷文化（中英文）》，2021 年第 3 期］的基础上修改而成。方正字库的汤婷为本文提供、审定了重要资料，国际标准化组织表意文字小组授权专家陈永聪和汉仪字库的张弛及刘宇等审定了文章相应部分内容，谨致崇高谢意。}

一、新中国字体行业的数次荣衰

（一）社会主义建设与字体行业的初次兴盛

1949 年新中国成立后，作为实现社会主义现代化建设的重要环节与保障手段，文字改革受到中央政府高度重视。1949 年中国文字改革协会成立，1954 年中国文字改革委员会成立，这些机构自上而下地推动了文字改革进程。1955 年，文字改革全面启动，确立了从繁体字竖排版到简体字横排版的方针，并相继颁布《汉字简化方案（草案）》（1955 年）、《请组织有关部门改进和创写新的印刷字体》（1960 年）、《印刷通用汉字字形表》（1962 年）等一系列决议、方针。这一系列的措施、方案是新中国文字改革初期的重要成果，确立了中国汉字的字数、字形、笔画、排版方式的规范化和系统性标准，奠定了新字体开发的基础。然而在文字改革急速推进的背景下，各企业不得不在短期内快速完成大量铜模，无法顾及字体的设计，造成了印刷物排版质量的下降。

1959 年，在中央政府领导下，中国文字改革委员会副主任、曾任出版总署署长的胡愈之提出了"整理并创写新字体的指示"[1]。时任上海市出版局副局长的汤季宏，汇集了当时上海活字雕刻、书法和美术字领域中的最优秀人才[2]，于 1961 年成立了上海印刷技术研究所字体研究室，开始进行新的字体开发活动。这是新中国字体开发的历史起点[3]。字体研究室提出了"既实用又美观，能表现民族风格及时代风格"的新字体创作目标，议定"整旧创新并举，由整旧起步，逐步向民族化、群众化、多样化的字体设计创新发展"的方针[4]，相继开发"宋一体（1961 年）""宋二体（1961 年）""黑一体（1961 年）""黑二体（1963 年）""宋三体（1964 年）""华文正楷体（1965 年）"等字体，且形成了三个特点："1. 字形、笔数统一；2. 有民族特征；3. 有配套字体"[5]。这为数不多的四五种字体是这一时期中国字体开发领域中最重要的成果。此外，通过从上海向各地的人才输送、各企业自行组织等途径，北京（以北京印刷技术研究所、北京新华字模厂为代表）、湖北（以文字 605 厂为代表）等地区也积极组织力量开发活字。新中国的字体设计行业走上第一次兴盛之路。

新中国字体行业的初次兴盛，是建立在社会主义现代化建设的政治经济基础之上的，中央及地方政府强有力的人员、经费、物资的调拨是其重要的物质基础。同时，字体的设计中表现出对中国传统文化及审美精神复兴的强烈追求。

1　徐学成、车茂丰：《功在当代　利在千秋——记上海印刷技术研究所对汉字印刷字体规范化设计与制作的贡献》，《印刷杂志》2008 年第 06 期。

2　常年工作在印刷和教育第一线的何步云任活字研究室主任，其他包括"上海人民出版社封面设计高手徐学成、上海人民美术出版社宣传画标题字写得最好的陈锡奎，还有冒怀苏、赵宜生，上海科学技术出版社的施渭锋和上海新华书店写新书广告美术字的高手周今才，印刷厂刻字八级技工钱惠明、邹根培、沈景成、唐永亮，中华书局、上海教育出版社写教科书楷体的杨亦农、王乃承、曹复晋等……又请书、画、印、装帧都在行的钱君匋和钱震之当评委"。见陈其瑞：《两位关心印刷字体设计的出版局局长》，《印刷杂志》2012 年第 09 期。

3　何远裕，原伟民：《上海印刷技术研究所与汉字印刷字体之姻缘》，《印刷杂志》2011 年第 07 期。

4　《试写一号老宋体字的一些体会》，《印刷活字研究参考资料》（第一辑），上海印刷技术研究所内部文件。

5　何步云：《中国活字小史》，载上海新四军历史研究会，印刷印钞分会编《中国印刷史料选辑之二：活字印刷源流》，印刷工业出版社，1990。

首先，自新中国成立后，中央政府大力推行文字改革，提高识字率。一直到 20 世纪 70 年代，中央政府持续强力推行繁体字到简体字的文字改革，这数千年未有的变革成为促进字体设计领域发展的重要契机。中国的字体设计站在了新的出发点上。

其次，中央及地方政府有能力以较少的经济代价集中调拨各种人力、物力，以支持字体设计领域的发展。在人才、知识、技术储备等都不完善的条件下，正是依靠体制的保障，上海印刷技术研究所才得以集中了各行业最优秀的人才，设立了字体研究室，开发及修改了宋、黑、仿、楷等各种字体，从而产生了新中国字体设计领域的最初成果，并为其后的发展奠定了基础。

最后，新中国的成立是鸦片战争以来中国民族独立运动最重要的成果，字体设计自然也受此影响。这一时期的字体设计以旧字体为基础，从顶层设计到具体操作都注重强调中国传统书法的韵味，追求民族特色和时代气息。新的字体被认为是中国自立于世界民族之林的一种表现和保障。

（二）电子照相排版系统的研制与字体行业的再次兴盛

1978 年，党中央把工作重心转移到社会主义现代化建设上来，开启了改革开放的伟大征程，中国的字体行业发展重回轨道。

然而，这时中国的印刷技术、字体开发技术实际上已经远远落后于世界先进国家。早在 20 世纪 70 年代，发达国家就已经步入数字字体时代，中国的印刷出版业还在使用铅活字印刷，停留在"铅与火"时代。技术落后、环境污染严重、效率低下、字种字数少、字体美观度不足等问题，严重制约了中国印刷行业的发展，在社会经济快速发展以及计算机工业兴起的背景下，铅活字印刷已经完全不能满足日益增长的社会需求。在经历短暂的照相排版时代后，中国迫切需要转入数字字体时代。

早在 1974 年，为追赶世界先进技术，中央政府组织力量设立国家重点科技攻关项目"汉字信息处理系统工程"，即"748 工程"。1978 年召开的全国印刷大会指出："实现汉字排字的机械化、自动化、电子化，是印刷技术现代化的重大课题……研究汉字信息处理与书报电子排版等，列为国家重点科研第76 项。"[6] "748 工程"分为"汉字精密照排""汉字情报检索""汉字远传通信系统"三个子项目。北大教师王选敏锐地捕捉到了"汉字精密照排"项目的价值，从 1975 年开始，他组织科研团队经过 5 年艰苦卓绝的研发，发明了针对汉字的高倍率字形信息压缩技术和高速还原技术，并在 1980 年 9 月 15 日，以激光照排系统成功地排出《伍豪之剑》样书。王选团队的这些成果改变了中国印刷行业的落后面貌，开启了汉字进入数字化时代的新篇章。

6　徐学成、车茂丰：《功在当代　利在千秋——记上海印刷技术研究所对汉字印刷字体规范化设计与制作的贡献》，《印刷杂志》2008 年第 06 期。

1980 年，中央政府再次公布了《关于设计印刷新字体五年规划（1981—1985）》，并于 1982 年召开了中国最初的字体比赛——印刷新字体展评会，还组织参加了 1987 年日本森泽公司（Morisawa）的字体比赛。1990 年，中国印刷及设备器材工业协会、中国印刷技术协会、中国印刷物资公司联合召开"关于加强汉字印刷字体管理问题座谈会"，确立了数字字体字形的规范化、字体专利权、人才培养、国内外交流等方针。1991 年，以印刷字体的整理、创新、审查为目的，北京设立了由新闻出版署、国家语言文字工作委员会和国家民族事务委员会等单位构成的全国印刷字体工作委员会，以期整顿和加强汉字印刷字体的规范化管理，促进新字体的研制。

20 世纪 90 年代，在政府提倡市场经济发展，个人电脑普及、计算机字库市场需求量大增的背景下，中国的字体行业再次迎来了兴盛，主要表现在以下三点。一是字库企业大增。全国范围内出现了方正、汉仪、华光、中易、长城、金桥等 10 余家从事字库开发的企业。二是字库数量大增。受技术水平所限，各企业排版系统无法兼容，字库厂商各自以上海印刷技术研究所字体研究室的字体为原型进行数字化改造，促使字库数量迅猛增长。各款印刷字体有30 余种，加上其变形字体共百余种之多。三是 Windows 及 Macintosh OS 操作系统所认定的 TrueType 字库格式逐渐成为主流。

然而，由于各企业将主要精力投入计算机的高倍数压缩等环节，忽略了字体选定和字形、笔画等设计问题，所以品质低下、字形混乱等成为这一时期行业的突出问题。同时，在从计划经济向市场经济转型的阶段，因版权意识淡薄，致使盗版字库横行，这一时期成立的各字库厂商遭遇到空前的困境。很短时期内，字库企业就仅剩方正、汉仪等 5 家，且大多仅能勉强维持经营。例如，当时的方正字库只能依靠其母公司方正电子的补贴维持业务。

中国字体设计领域的再次兴盛终结于不健全的市场经济、薄弱的版权意识和盗版的泛滥，但是具有承上启下的特殊历史意义。这一时期的主要特点为。

第一，"汉字精密照排系统"的技术突破，成为中国从铅活字印刷向数字字体印刷转型的开端。在中央政府的强力推进下，激光照排系统顺利完成。技术的变革促使国家、企业不得不组织力量开发用于激光照排系统的数字字体。

第二，设计意识淡薄，字库质量不高。这一时期中国字体设计领域的主要任务是解决可使用的字库问题，虽然在专业人才缺乏、市场混乱的情况下，无从组织设计力量着力于新字体的开发，导致了这一时期的字体无论是从数量、种类还是质量上都乏善可陈，但是作为西式活字印刷技术向激光照排系统转变、从计划经济向市场经济转变的重要时期，这些成果奠定了市场再次起步的基础。

二、中国字体行业发展现状

近年来，在经济高速发展、市场需求大增、版权意识提高、个人计算机以及相关软件的普及、字体设计技术门槛降低等背景下，设计实践、设计教育、理论研究领域的同道对字体的研究日益深入，甚至一般民众都开始意识到字体对于设计、信息传播、审美的重要性。中文字库成长迅速，从业人员增加，新中国的字体设计领域迎来了第三次兴盛的契机。

（一）字体厂商的发展现状

如前所述，长期以来，无论是在行业发展、技术水平还是在字体种类、质量或数量等方面，中国字库行业的发展均远落后于美、日、韩等发达国家。但伴随市场经济的发展，民众对字体的功能性和审美性需求，移动互联网终端的普及，版权意识的提高，社会上对字库产品的需求大增，字库厂商数量明显增加，经营状况也有了一定好转。同时，字体开发软件技术的发展和设计教育的普及，也打破了以往封闭的字体设计业界，行业门槛的降低促使大量的设计师加入字体设计行业。

就字体厂商的发展现状而言，除老牌中资企业外，外资企业、小微企业以及众多的个人设计师已经成为重要力量。现在在中国大陆地区展开业务且具备一定规模的字库厂商，除了中资的方正字库、汉仪字库，中美合资的常州华文文字技术有限公司，台资的文鼎科技、威锋数位，港资的香港蒙纳（中国）之外，还有北京腾祥科技开发公司、造字工房、域思玛字体设计公司、文悦科技（北京）有限公司等小型企业。近年来的新兴字库仓耳字库、上首字库、字魂字库、吉页字库、三极字库、字语字库等，推出了各种字体产品。此外，独立以及身兼字体开发的各类设计师可能有近百人之多，这些设计师在从事平面设计或在高校等单位任职的同时，与各字体厂商合作开发了一系列的字体产品。

（二）字体种类和数量的发展现状

就字体的种类和数量而言，近些年获得了极大的提高且仍然有巨大的发展空间。虽因统计困难加上企业经营机密等难以对现有中国主要字体厂商在售的各类字体进行更为详尽的统计，但是仅仅就简体中文字体的数量及种类而言，中国主要字体厂商在售的简体中文字体共达近 1000 款之多[7]，相较之前有了快速增长且还有加快增长的趋势。这是中国字体行业中从未有过的现象。

7　因我国暂时对字体分类尚无明确的标准，各个企业的分类标准不一（如有些家族字体中虽然不同粗细字体的有细微的穿插避让差别，但经常作为同一家族字体使用），为此，本文仅将在售简体中文字库大致分为宋、黑、仿、楷以及创意字体（含书法字体），并未进行更为详细的统计，但经笔者与字体行业中的企业、从业人员的调查、讨论，特别是在近年来新型小型字体厂商纷纷推出新字体的背景下，字库产品的增加极为迅猛，每年新字体品种产出量超过百余款且还有不断增加的趋势。

此外，字库的字族化已经成为普遍趋势，无论是大型企业还是小型企业，均意识到字族化的重要性，着力于其开发。就目前而言，方正"悠黑"是市面上字种、字重最多的字库之一，包含了方体、长体、扁体共 135 种。

但是就现有字体种类而言，符合现代社会信息传播需求，主要用于显示、印刷的宋体和黑体，特别是高质量的宋体和黑体，仍然显示出极端不足的情况。楷体和仿宋字体因使用场景的约束，款数仍然不足。在现有在售简体中文字体之中，创意字体（含书法字体）款数最多，其比例超过整体的一半以上，表现出字体种类发展不均衡的现象，相比同处汉字文化圈的邻国日本，我国字体产业还有很大的发展空间。

此外，虽然近年来中小型字库的产品数量和种类有了极大的增加，但就字体的生产厂商而言，方正、汉仪等大型厂商仍然占据了整体字体市场中一半左右的产品。中国的字体设计市场在取得长足进步的同时还有巨大的发展空间。

近年来，因市场经济发展、企业品牌建设需求，企业的定制字体也逐渐普及。方正字库、汉仪字库以及其他中小型字库厂商均着力为各种企业开发企业定制字体。

（三）字体版权环境的发展现状

近些年，在国家、行业和社会的重视下，版权环境有明显改善。一方面字库厂商敢于并学会运用法律武器维护权益；另一方面行业在社会上积极进行宣传，提升大众对字体的理解，唤醒字库版权保护意识。2014 年 4 月 22 日，最高人民法院公布了《2013 年中国法院 50 件典型知识产权案例》，将字体单字著作权确权案件列入其中。这些举措成为字体设计再次兴盛的法律和社会基础。

字库厂商也积极利用灵活的商业模式来保护权益。2007 年，方正字库效仿国际模式，采用了字体版权授权模式，随后国内各字库厂商纷纷效仿。不过，大陆厂商普遍将商业使用与个人非商业使用相分离，商业使用价格从每款或每年几千到几万元不等，个人非商业使用则象征性收取极为低廉的费用，其他外资企业则依据各自惯例展开服务。

除了不断完善商业授权模式，字库厂商还通过媒体、巡展和论坛等方式宣传字库版权保护意识。例如，方正字库先后启动了"设计院校正版字体支持计划""社会公益正版字体支持计划""互联网创业正版字体支持计划"等项目，积极面向全国设计类院校、社会公益组织及商业企业举办公益活动，并向国内互联网微型创新企业及个人开发者免费提供正版字体授权，唤起社会各界对字库知识产权的保护意识。

（四）企业及从业人员的发展现状

字体从业人员的数量和质量是影响中国字体行业顺利发展的核心动力。字体设计师需要长期的专业培训才能满足工作需求，以传统的"师徒相承"做法，培养一个合格的设计师往往需要 5 至 10 年的时间。20 世纪 90 年代后，字体行业的凋零导致人才大量流失，大量从业人员转行，而行业凋敝又影响新的人才进入，导致行业创新乏力，制约整个字体行业的发展。

近年来，中文字体设计行业迎来了新的生机，在社会、字库厂商、高等教育机构等的共同推进下，字体设计广受关注，很多平面设计师乃至学生的加入为中国的字体设计行业注入了新鲜的血液。

面对整体行业人才短缺的困境，在从业人员培养方面，各企业均有重要的认识和行动。方正和汉仪等企业通过设计论坛、名师工作坊等，如方正的"字得其乐"字体设计论坛、汉仪的"字体之星"名师工作坊，同各地知名高校建立合作关系，共同培养行业稀缺人才。各高校也开始重视字体设计教育，如北京服装学院主办了瑞士设计暑期大师工作营。此外，"方正奖"字体设计大赛、汉仪"字体之星"设计大赛、Hiii Typography 中英文字体设计大赛等活动的举办，也对发现人才起到了重要作用。培养专业设计人员在一定程度上缓解了专业设计人员短缺的问题，是决定中国字体行业重新兴盛的关键。

老牌字库厂商方正、汉仪除了充实本企业的字体设计团队，还积极利用各类社会资源，与专业字体设计师、知名平面设计师、热门漫画家、知名书法家乃至影视明星合作开发字体，力求弥补专业字体设计人员的不足，营造字体设计创新的氛围。

（五）字体开发技术的发展现状

计算机技术的不断发展普及，为字体开发技术带来巨大突破。特别是 AI 技术的发展，为中国的字体开发技术注入了新活力。

字体开发技术的发展主要体现在字库编码标准、字库技术和开发技术等方面。现代中文作为一个文种，粗分有简化字和繁体字两种书写形式。简化字主要在中国大陆、马来西亚和新加坡等地使用，大多数情况下只使用 GB/T 2312-1980 作为基础字符集，部分会扩展到 GBK 和 GB 18030-2005 的强制部分作为字符集。GB 18030 作为一种基于 GB/T 2312-1980 事实编码实现和 GBK 编码实现的扩展编码方案，与 GB/T 13000 的实际编码空间等同。2022 年 7 月 19 日，国家市场监督管理总局国家标准化管理委员会发布了 GB 18030-2022《信息技术 中文编码字符集》，以替代 GB 18030-2005《信息技术 中文编码字符集》，该标准将于 2023 年 8 月 1 日开始执行。新标准发布是为了全面提高语言文字的"规范化、标准化、信息化水平"。新标准是"我国自主研制的以汉字为主，包含 10 种我国少数民族文字的超大型中文编码字符集强制性国家标准"，其不但"全面覆盖《通用规范汉字表》"，同时"大幅扩充中文编码字符数量"，共收录"87887 个汉字、228 个汉字部首"[8]，也是首次规定了三个实现级别。新标准的发布，既是中国汉字字形规范的必然要

8　一图读懂 GB 18030-2022《信息技术 中文编码字符集》，国家市场监督管理总局，2022 年 7 月 28 日，https://www.samr.gov.cn/xw/tp/202207/t20220728_348978.html。

求，也为字体厂商提出了新的任务。

从 GBK 开始，字符集已不仅仅包含一般意义上的简化字。繁体中文实际上又分为四种具体形式，中国大陆、中国香港、中国澳门和中国台湾在具体用字、字量和字形上都有区别。中国大陆曾以 GB/T 2312-1980 事实编码实现为编码基础，以 GB/T 12345-1990 为字符集开发类繁体字字体，现在已不建议这么做。中国台湾一般有两种编码规格，一种是 Big 5（包含发布后发展的各种版本），一种是 CNS 11643。Big 5 包含 13062 个汉字；CNS 11643 目前已发布了 19 个字面，但只有第一、第二字面的 13063 个汉字是常用与次常用的，也就是一般遵循该标准所需要做的字量。这两个标准所包含的字量基本相同，Big 5 中有 4 个汉字不包含在 CNS 11643 中，CNS 11643 中有 5 个汉字不包含在 Big 5 中。中国香港在 Big 5 基础上制定了 HKSCS（《香港增补字符集》）以适应当地的使用。中国澳门在 Big 5 与 HKSCS 的 2008 版的基础上制定了 MSCS（《澳门增补字符集》）以适应当地的使用。

从 1993 年 Unicode 的国际标准版本 ISO/IEC 10646 发布以来，全球维护一份共同的字符集标准成为共识，尤其是互联网普及之后，Unicode 成为各个数字化领域共同遵守的标准。Unicode 拥有三种常见的编码实现方式，其中 UTF-8 和 UTF-16 更为常用，但这三种编码的实现，所对应的字符集是完全一样的，也完全囊括了前文所述所有标准所收录的字符。Unicode 于 2022 年 9 月发布的 15.0.0 版本包含 98060 个汉字，但这并不意味着任何一款新发布的字体都要完全包括这个汉字数。

使用者从中文字库厂商购买的字库多为 OpenType 或者 TrueType 标准字库格式。OpenType 格式是 TrueType 格式的扩展，支持 PostScript 字体数据。因 OpenType 格式曲线更加精确美观，所以逐步开始取代 TrueType 格式成为市场主流。

由于移动终端的普及，考虑到网络传输速度及硬件存储容量等影响因素，压缩字库以及字型网页嵌入技术（Webfont）受到关注。以方正提供的标准 TrueType 字库格式为例，其原理是结合 TrueType 的复合字结构，让多个汉字共用同一个部件数据，从而实现以少量数据表示字库中大量重复的轮廓数据。如图 1 所示，当多个字符共用同一个部件"氵"时，为让部件数据去适应复合字符，同一个部件数据在不同的复合字中会有不同程度的缩放和平移等处理。

图 1

图 1　方正提供的标准 TrueType 字库格式共用部件数据示意

再如，汉仪字库的压缩技术极为优秀，为用户提供低容量、低内存、高品质、高效率的矢量字库及多语种（少数民族文和全球语种）布局排版引擎在内的跨平台解决方案。汉仪字库的 FullType 压缩字库配合 FullType 引擎使用，可以转换成标准 TrueType 格式字库。

Webfont 近年来备受关注，方正字库、汉仪字库以及 justfont 等厂商均提供此类支持。所谓 Webfont，指仅需在服务器上部署字库，无须客户端安装对应字库的技术，可以在一定程度上减轻硬件负担，广泛应用于网页上。因为中文字库的字符集数量多、数据量大，极大地限制了其使用环境，所以目前普及程度不如英文和韩文。

三、中国字体行业存在的问题点

如前所述，中国字体行业近年来终于迎来了第三次兴盛的契机。但如果冷静思考现状，不得不承认，中国的字体行业仍然存在众多问题，只有积极克服这些问题，中国字体行业才能走上繁荣发展的康庄大道。

首先，字体版权保护以及用户法律意识仍需加强。在政府和行业等各方共同努力下，近年来，我国字库知识产权保护力度加大，法院通过判决、调解、和解等形式支持字体著作权保护的案例越来越多。但因侵权举证困难、判决时间长、赔偿额与字体市场价值不相等、震慑作用小等，版权侵害现象仍旧猖獗，字体版权相关法律法规保障制度仍然有待完善。如近年来备受关注的复刻字体的创新性如何界定，是否应该受美术著作权保护等问题，仍亟须解决。

其次，字体厂商数量少、规模小、整体投入仍显不足。虽然字体的重要性获得社会的普遍认知，字体行业获得了发展，但是字体厂商的数量仍然很少，特别是很多小型企业效益增长不足，反过来又影响对字体产品开发的投入。同时，企业规模小也影响效益，从而进一步影响到从业人员的收入，而微薄的待遇、偏低的收入水平，也会影响字体行业的发展。

再次，专业从业人员短缺仍然是制约字体行业发展的最关键要素。缺少优秀的专业人员就无从实现字体创新、无从实现行业发展。而培养优秀的从业人员，必须建立在健全的人才培养机制基础上，这就需要相关企业、高校和社会各界联合起来，调动资源建立和完善能与行业对接的人才培养模式。让字体从业人员获得应有的经济利益，才能吸引优秀人才加入字体行业，在一定数量规模的基础上，形成优秀的创作团队，从而实现字体的创新发展。

最后，依靠科学技术不断发展字体开发技术和标准是推动字体行业发展的动力。中文字符数量庞大，字符集动辄成千上万，开发成本高、周期长，这也是中文字体创新缓慢的原因之一。如前所述，目前国内在售简体中文字体数量虽然已达千款之多，但规模小且高质量的字体少、字体风格趋近等均是现在迫切需要解决的问题。要解决这些问题，唯有不断引进先进技术，不断发展开发技术，确立行业标准。比如在目前的网络技术环境下，压缩字库技术在移动终端领域仍然具有广阔的发展前景，目前亟须解决压缩字库制作投入大、周期长、字体质量损失大的问题。

此外，虽然 Glyphs 等字体设计软件已较为完善，但相较西文，中文字体设计的工作量巨大，对软件的运行效率要求更高，需要开发契合中文字体开发操作流程、使用简单、人性化以及效率高的专业软件。当然，因为复杂的历史问题，各国家和地区的汉字字库标准也需要完善，正确的 Unicode 编码可以保障正确的字形，从而减少用户的困扰。

四、结语以及展望

从新中国成立至今，中国的字体行业经历过辉煌，也曾步入过低谷，在复杂的社会技术变革中，终于迎来了第三次兴盛的契机。中文字库的应用从传统的出版印刷快速发展到包括移动互联网在内的更为广阔的领域，同时也对字体设计和应用提出了更多、更高的需求。虽然今日中国字体行业的市场规模，新字体的开发频率、强度、数量、种类都超过以往，但是现状仍不容乐观。中国字体行业在版权保护、字体设计教育和人才培养、字体设计软件开发及字库标准等方面仍然任重道远。

中国字体行业的荣衰反映了时代变迁中的文化、技术现象。历次荣衰虽然各自有着不同的主导影响因素、不同的表现和成果，但均是中国社会从传统到现代的转型中，多种思想与技术碰撞后文化自觉的结果。而中国传统审美精神的主导、历次荣衰的继承与递进关系也贯穿始终，表现出充分的现代性、民族性特征，就此意义而言，中国字体行业的发展，是以现代意识引导传统重建的一种普遍历史现象，是中国现代化运动的重要组成部分。

从"天人合一"到"心手合一"：当代中国文字设计的返本开新

蒋华

蒋华

中央美术学院教授，视觉传达方向召集人，国际平面设计联盟 AGI 会员。1973 年生于舟山。2009 年毕业于中央美术学院，获博士学位并留校任教。他十几年长期投身汉字艺术的教学、研究与创作。

蒋华亦是一位文本艺术家与书法设计师，其作品融合了汉字与诗学、传统与当代，涉及书写、水墨、印制与装置等多种方式，举办有"访碑、书写与致敬"等个展。

就交流设计学科而言，文字设计是一基础性问题，更是一根本性问题。

"文字设计"常被用作 Typography 的对应中译。Typography 构词来自 Type（字体、类别）与 Graphia（书写、图、象）的拼合，Typography 的狭义定义即指基于拉丁活字的选择与排版。具有字符数量较少特点的拉丁文字体系，在受东方影响的造纸术与活字印刷术的基础上，与古登堡时代（Gutenberg Eras）以来的工业化活字印刷术一拍即合，由此产生今天的西文 Typography 体系。大规模机械复制时代的 Typography 成为一场宏大的媒介革命，进而开化了整个西方近代社会。而欧洲现代主义文字设计的诞生，则与现代文学及现代艺术的根系缠绕在一起，这正是先锋设计师们对工业化条件下的现代印刷反复占领与夺取的结果。

在中央美术学院设计学院的文字设计课里，我每每会展示石汉瑞（Henry Steiner）所设计的《森泽字体》（Morisawa）海报，以此作为课程的开始。20 世纪 60 年代至今，奥地利裔的石汉瑞一直在香港工作。他以古罗马图拉真记功柱与唐代柳公权楷书碑刻，在巨大海报尺寸的黑底上拼出 TYPE，跨越古今东西，令人震撼。石汉瑞以"他者"的敏感眼光，通过设计直接追问——什么是 TYPE？什么是中国文字设计？

石氏曾赠我其编辑之印章小册，并多次提醒相告，篆刻或可视为中国之"构成"实践，例如大小篆之根源性与建筑性，以及"刀笔相师"的深刻关系，令人颇受启发。流传数千年，遍用东亚的以汉字为代表的表意文字体系，从底层即迥异于西文字母逻辑，其本身既是文字设计的对象，在方法论层面也必然会成为文字设计的中国路径之源流。

在学习现代平面设计之前，我曾深入学习中国传统书法与篆刻，这两个领域的长期实践，让我一直对东西方文字设计学科的对比保持浓厚兴趣。这些观照大多源自萦绕在内心深处那些被持久参问的质询：

什么是中国文字设计的模式语言？

如何从中国文化的大地上生长出一种原发性的设计知识？

什么是中国文字设计真正的学习现场？

如何建立一个简洁、激进而扎实的学习路径？

一、心印：点画的全息宇宙

1. 越来越多的证据表明，中国文明是唯一有数千年连续文字记载并传承发展至今的文明。基于表意文字体系的中国，历尘劫而不朽，数千年沉积的文明之光从未熄灭。在经过近代一二百年的文化自卑之后，今天慢慢复苏的中国，已可如实、平等地面对自身的文字传统了。

让我们回到中国文字的本源，回到那个伏羲与仓颉创立文字的时代：仰则观象于天，俯则观法于地，观鸟兽之文与地之宜，近取诸身，远取诸物，于是始作八卦，以通神明之德，以类万物之情。

　　所谓"文"，即"纹"也，即"爻"也，物之"要"也，绳之"交"也，是事物错综之纹理。物之象，事之理，无不仰观俯察。如年轮、涟漪、贝壳、蜂巢、星空，白天黑夜、春夏秋冬、阴晴圆缺、生死轮回，无不"近取诸身，远取诸物"。实际上，身即心也，因身心本一如，而以心源印物，"文"即生焉。由纹及理，纹外无理，纹即理也，因此"文"的产生，即是发明事物之"纹"的本身所蕴含之"理"，所谓"天文地理"。"文"出现，即是人、地、天、道、自然，这万物一体的井然秩序。

　　所谓"字"，即"乳"也，即"生"也。即以"文"之法乳，化育万物，生生不息，无穷无尽。所谓单体为文，合体为字；依类象形为文，形声相益为字；"往古来今谓之宙，四方上下谓之宇"。可以说最初的"顶层设计"，即是一种伟大的开源性字符体系，打通心与物、古与今、时间与空间的对立，消弭当下和历史的对立，融化自性与万物的二元，而成就一种能够不断生长的全息文字。

　　因此，说这套字符体系是一种"点画的全息宇宙"毫不为过，它是建立在"文"（点画、部首）这些基本元素之上的全息宇宙，以独立方块文字为单元，每一部分都包含着整体的全部信息，一即一切，一切即一，在极少与极多之间，不一不二，不但是有序的信息建筑，而且是全息宇宙。

　　对汉字体系而言，"文字"即是因观照物象与事理，而去发觉人内在本具的"明"，发觉我们的本性之光，而又能化育万千、妙用无穷，不断生产知识、激发交流、沉积智慧，此即"文明"，也即"文化"。因文而明，以文化之，"明"是体，"化"是用，而"文"，就是之间的桥梁了，是传承与累积的容器与媒介。例如上文对"文"与"字"的简单训诂，就足以破除固化概念，即可直承大道，真可谓"一字一伏藏，一词一公案"。场景历历，参问则直抵心扉。

　　2. 中国文字是一种"元语言"。汉字并非基于记录口语语音的"字母（Letters）"，亦非基于图形的"象形文字"，而是一种点画构造程式中的"表意文字"（意象文字，Ideographic Characters）。不基于表音的中国文字，其书面文字与口语两者，共享一套汉字系统，可上溯下达，探究天人之际，打通古今之变，保持阶层流动，融合地域共生，这实在是高效而智慧的方式。而拉丁文字是一种表音字母体系，建立在字母这一基本元素的基础上，其核心是通过字母来记录作为声音的语言，其实质是一种建立在字母基础之上的"方言"。拉丁文字与汉字的区别，正是"语言"与"元语言（Metalanguage）"的区别。

　　所谓"元"，即"首"也，"原"也，"源"也。"元语言"就是保留更多重要信息、保存更多本来"纹理"、不断流传生长但又能返本溯源的文字体系。这种"元语言"，兼有文字学中的本义、引申义和比喻义，类似于佛教说的"法身、报身、化身"，即"体、相、用"。本义如不动，而又保持不断扩展生长的开放性，这种"元语言"即中国文字设计真正的"原点"。

3. 这种能够进行无限的意象叠加的"元语言"字符结构模式，源于汉字在"程式"结构和广阔时空所形成的信息叠加与堆积。通过点画与部首，文与字中信息海纳百川，而在整体的传承中，又保持无与伦比的生长性与开放性。汉字体系的这一"程式"结构无比高效，让字尽其用，让汉字总数能够保存一个稳定而不至泛滥，却又能应对无穷无尽的时空挑战，更能提醒每个使用汉字的当下，破除时空的迷障，关联万事万物。如果说西方形式构成中的"格式塔（Gestalt）"是一种二元论的话，那么汉字的构建体系，则是"一合相"。因此，出于对西方形式构成中"格式塔"的戏仿，不妨生造"程式塔（Pattern Pagoda）"这一新词来描述之。事实上，"塔"的意象，同时兼具有向上与两端的拓展的象征，几乎成为全部人类文明形式的隐喻。例如，书法家刘彦湖的作品《混音：从金字塔到洛丽塔》，书写一系列"洛丽塔""金字塔""巴别塔"这些包含"塔"字的现代中文词汇，以书写的意象，叠构为塔形般的巨大字体诗，立即拓展了我们所认知的"塔"的意义范围。

辜鸿铭认为汉字之难，不因其"复杂"，而在其"深沉"。用最简明的语言表达最深刻的情感，是在深沉与淳朴之间的广大与高明。这"又简明又深刻"，皆即来自"程式塔"机制所带来的"言有尽而意无穷"，所谓甚易知、甚易行而又莫能知、莫能行。

"程式塔"之叠加意象、沉积信息的结构模式，深刻影响着中国的建筑、绘画、诗歌等诸多日常生活领域。古代中国的先辈，常以文字及其艺术为日常实践，安顿心灵、栖居理想，而成为"一个内在自足的境界，无求于外而自成一意义丰满的小宇宙"（宗白华）。在天人之间、道技之间、自然与人生之间、精神理想与日常生活之间，建立正大光明的美学理想，譬如建筑的《营造法式》、山水的程式语言及格律诗传统。在中国如书写一样普及的古老诗歌传统中，诗从来不只是一种音韵、形式与语法，而是通过文字叠加的"程式"，完成心灵成就与日常生活之间的印证，而又不困于文字，不死于字下。诗者，之也，此也，志也，持也，在心为志，在言为诗，是心音，是心画，更是心印。"程式塔"指出了中国文字设计作为一种字体诗（Typoetry、Typo 与 Poetry 拼造为新词，The Poetics by Hanzi）的本质。作为一种心灵的语言、哲学的语言、诗歌的语言，扎根于中国大地上的中国文字设计正是一种"字体诗学"。

文，近于言，近于音，但比言更雅正，比音更直接，实为"意"也，心音也。

文，近于图，近于形，但比图更混沌，比形更开放，实为"象"也，心画也。

是故，作为"心音"与"心画"的"文"，即是音与意之间的分离，也是形和象之间的分离，是语言、语义和形式之间的空白。那些在空白处、在时空中慢慢容纳与沉积的信息，而似乎时刻"等待"着被使用那一瞬的"心印"，让每一位当下的吟咏者、阅读者与书写者，在吟咏、阅读或书写的那一瞬，心花怒放。这就是中国文字设计的秘密。

二、心手合一：书写性的母体

1. 我相信，从中国久远的书写性传统的土壤中，必将生长出一种真正的当代性，代替从西方拉丁文字设计移植的现代性。今天我们的工作，则是沉入传统，洞见与当下生活的关联，并从传统内部去开掘出真正的当代性。

西文 Typography 的逻辑基于层级清晰的拉丁文字，即"字体—排版"体系，所谓"以 26 个铅字兵，我会征服全世界（With these twenty-six soldiers of lead, I will conquer the world）"。与层级清晰的拉丁字母体系不同，中国文字设计的实践基石是无法直接移植西方模式的中国文字。

中国文字至今仍未泯灭的一个伟大传统，就是书写性文脉。伴随文字诞生之初，新石器彩陶、甲骨书契、春秋战国的简牍帛盟等，源远流长的书写史都建立在使用毛笔的基础上，与西方的芦苇笔、鹅毛笔等硬笔大异其趣。商周或更早时已出现"聿"（笔的初文），几千年来几乎作为中国文字的唯一书写工具，直至近代硬笔出现。

毛笔书写的点画构成，其核心就是石涛说的"一画"。毛笔柔软的锥形笔锋，在书写媒介上快慢行进，不断在精微的方向上提按和转折，无比简练而又极其复杂，其书写方式与硬笔完全不同，这就是中国文字潜藏的基因。毛笔书写所产生的墨迹，双勾出来看似平面，但在实际书写场景中，墨迹在动态有机的时空关系中，直接通过高技巧运动而产生：驾驭毛笔的柔软，顺应笔锋的弹性，形成丰富立体的运动并不断生长出点画，在中锋与两侧边缘产生疾缓、轻重、枯湿等不同细节变化。时间和空间不断消融又迸发，在书写的当下一瞬，生出万有，其实是一种"形势"而不仅仅是"形式"，包含着时间与空间复杂势能与力场的多维信息。就如同飞机的机翼剖面形所产生的空气动力变化般，并非二维图纸中的形态，而实在是一种多维与高维的信息集成，从起笔到收笔、从因到果，循环往复、笔笔相生，此即"一画"。这种"一画"，就是中国文字设计的母体。

2. 事实上，一直在中国艺术中享有崇高地位的中国书法，并不能用 Calligraphy 来描述。在拉丁语境里，Calligraphy 是以装饰为目标、硬笔为工具的"漂亮的绘写"，往往指拉丁文字与阿拉伯文字中的花体装饰文字。可见，Calligraphy 无法描述中国书法的真正本质，甚至与书法的概念恰好完全相反。在众多文字体系中，只有汉字的视觉形式因为毛笔而发展出卓越的书写性，几乎所有其他基于语音的文字体系，最终都走向了某种装饰艺术。真正的书法，恰好是"反装饰"的，如同真正的中国武学绝非花拳绣腿。

或许可以生造 Writigraphy 这一新词，将"书写"与"形式"拼合，来描述这一"反装饰"的书写性。书法的核心，就是赵孟𫖯讲的"千古不易"之笔法，这几乎是汉字所有造型的基本来源，逃无可逃。相传卫夫人曾传授王羲之的"笔阵图"，就是"笔法的矩阵"或"笔法的阵脚"。对中国文字设计而言，书写性就是一切的"母体"——这是一种广义的"书"，兼有动词与名词的意义：文本的写作；文本形式的书写；"书籍"也来自于"书"，将文本书写的结果引申为媒介性的"册"；还有对经典文本的摘录抄写，也被称为"书"，因其与绘画的笔墨形式一样，其核心——以笔墨书写所带来的高质量形式，也完全相同。

对东亚的书写者而言，书写性自在的获得，依赖日复一日、年复一年的修炼与塑造，就如同日常生活本身，绝非一朝一夕能够完成。懂得书理并不是真正洞察与看透，必须"知行合一"，下笔实践，做到才行。许多看起来简单的笔法，若无在行动上的真正感悟根本出不来。在心态和方法的长期砥砺中，书写与书写者合一，互相造就、渐趋空无，不可说、不思议，而出手即是。所谓"书者，如也"，如其本人，如其内容。对"书"而言，形式是我们内心世界的投射，也是投射出文本内容的信息，一切都是真实的呈现，就像镜子一样，了了分明。

3. 除了书写性维度，中文字体也受复制性维度影响。文字设计源于"笔"，成于"刀"，源于"书"，成于"印"，栖息在书写性与复制性之间的广大空间。"彤"字的三笔，即是纹理与雕刻。可以说，自文字诞生之初，"笔"与"刀"便一直相互塑造，如龟甲、玉版、诏版、钟鼎、石刻等。重要案例还有作为印刷起源的先秦印章，以及用四字印版构成铭文的秦始皇统一度量衡诏版，已颇近后世活字印刷。作为媒介技术，雕刻因信息传播的复制性使命而产生。其所带来形式语言上的约束，让古文字从繁复到简练、从曲折到直线、从随形到纵横结构、从有限小空间到点画的伸展延长。中国文字从最初的绘画象形，被不断改造为秩序化的字符体系。在这一过程中，文字内部的空间构造，也因主笔纵横的秩序结构，形成支撑文字的"龙骨"，益发规范为圆与方的正大气象。事实上，"刀"也拓展了"笔"的深度，书写并不是未经训练的涂抹与涂鸦，而是以笔纸之间的张力，在纸上追摩雕刻所曾达到的深度。良好的笔法，往往能"入纸三分"，能"书存金石气"。可以说，汉字的正体因为这种书写性与复制性而不断演进。

历史上汉字正体共历经三次重大演化，分别为篆、隶、楷。先秦青铜雕刻的"篆引"圆笔与圆构，在两汉碑碣刻石时代转为"隶变"方笔与方构，文字变大、笔道变宽、笔画延长。先秦两汉的"篆引"与"隶变"，"金"与"石"，正是"刀笔相师"的结果。至魏晋，正体的空间关系又因书写性维度的变化而渐入"楷则"的三角形笔画与结构。这三种演化所规范的笔法与空间框架，正吻合西方现代主义中的圆、方、三角这三个基本构成元素，这并非偶然。中国文字深刻的构成哲学，在日常文字的润物细无声中，不断塑造着潜意识里的空间经验，其内核与回到形式语言起点的西方现代主义并不矛盾，甚至更为精妙。后世的印刷字体，如黑体与楷宋的点画与空间，均源于这种书写性与复制性之间的空间经验。

4. 篆隶的笔法与空间，可以说影响了黑体的点画与结构空间。而在楷之后，基于复制性传播需要产生的宋体，可以并称"楷宋"体系。楷宋本质是一，并非二元对立。它们只在书写性与复制性维度上有其差别：一端更偏重于书写性，另一端更偏重于工业性。其实是彼此影响的复杂整体，是整体性中的不同侧面。可以想见，如我们在书写性与复制性两端无限打开，两者之间将可以产生无数楷体和宋体之间的可能性。民国丁善之与丁辅之仿照宋代雕版字体的"聚珍仿宋"，即是楷宋体系开放性的一例。

当然，书写性维度的极端化，也构成了中国文字的草体的基础。草体因书写形成的合理化点画（这种合理化反过来也影响着正体字的变化），也被规范为草体的字符体系，并在历史上形成不同阶段的草体，包含先秦的草篆、秦汉的草隶（章草）、魏晋之后的今草三种，其实质都是汉字的模糊与容错基础上的开放性，这一特征在现代主义时期大放异彩。草体的任务除了提高书写速度之外，也重点发掘了汉字的正体所容易忽视的字间的空间，而贯穿以更为开放性的点画空间生产，在势与韵、自由与严谨之间，打开汉字的书写性空间。

无论怎样，如果不能回到汉字的起点来审视，作为整体结构的中文字体系统势必将被抽离成孤立的不同字体，这种认知忽视了字体之间的内在系统性。一般字体的分类，本质上是一些为了讨论叙述的方便法门，跟中国文字设计本身是两回事，缺少汉字至关重要的整体生成和书写观照。因此只有反本溯源，从文字的本源处来审视中国文字设计的整体模式，合并删减那些琐碎庸俗的字体分类，才能得到一个更为清晰、简洁的中国文字设计的新模型。

三、传统的激进

1. 在中国现代文字设计发轫之初，就交织着许多矛盾与论争的张力——如传统文化之现代化（古—今）、作为第三世界的中国之西化（东—西）等。近代以来的中国文字被置身于一个前所未有的时空背景：浩浩荡荡的世界潮流、变革图强的时代风气，四海之内、天下为公，开始拥有世界的眼光。但当时眼界大开的人们，无论东洋与西洋、保守与革命、左翼与右翼、文人与实业，都有着文字的日常书写经验，通过书写、浸淫文脉，守住笔墨，尚未消亡的传统依然奠定着书写性高度。这就是近代中国文字设计诞生的背景。

中文字体的工业化之路却一直异常艰难。雍正四年（1726），《古今图书集成》由清内府用铜活字排印了 64 部，其字体英俊潇洒。但令人诧异的是，这套活字再未印其他书籍，先被雪藏后被偷卖，最后在乾隆年间被全部熔化，似乎成为中文字体宿命的象征。19 世纪初，来华的西方传教士为传播教义，首先要面对的困难就是如何用工业技术解决以万计字数的中文问题，如美国传教士姜别利（William Gamble）等人的尝试。早期传教士设计的"拼合字"方案，就是基于中文"模件"特点，试图直接挪用西文字体模式的实验。"拼合字"将笔画作水平垂直的改造，而成为"现代宋体"的基本构架。由于海量字数与多变结构，这些早期印刷字体的实验漫长而艰难，真正大规模实现高质量字体依然困难重重。作为活字印刷的发源地，源远流长的汉字在工业化转型过程中却饱受断裂的困扰与重重的限制。这种无法直接照搬现成模式的艰难困境，暗示着基于字母逻辑的西方文字设计体系在中文语境下并不具"普世性"，"26 个铅字兵"并未完全征服东亚。

2. 由于文字数量与印刷技术的双重限制，在活字技术尚未得到很好解决的情况下，虽然活字印刷的效率具明显优点，但并未很快取代雕版印刷，同时石版、珂罗版等平版印刷技术开始得到使用。平版印刷与雕版印刷都不依赖活字技术，当时活字稀少而昂贵，从浩瀚的字库中找到少数字内容并不容易，而尺寸、字体还没有什么选择。因此尤其在少数字设计项目中，中文的书法传统大行其道，显示出介于表现性与信息传达之间的巨大灵活性。因日常书写的传统，几乎人人都是书写高手的中国，可轻松获得漂亮而独特的少数字体，针对少数字的书法风格书写，几乎成了中国早期平面设计在简陋印刷条件下的唯一选择。书写性很好地解决了中国文字设计的诸多需求：文字间的和谐变化、字数的不确定、多样的风格、尺寸的大小、设计的简便、内容的匹配等，并与文人书写传统　脉相承。这些印刷媒介上的手写字体成了最早的现代美术字。

当然，经典的传统书写性也因此必然会面临印刷媒介的"工业化"改造与约束，而渐趋印刷字体般的整饬与现代。故而，视觉形象比较"现代性"的魏碑与隶书，常因这种碑学时代的"金石气"获得内容与风格的一致性，而成为合理的选择。这种"美术字"化的碑学书法，其雄强、整饬的美学取向，同样也可在伊秉绶、金农等碑学大家之书法中发现。

由此，在传统书法与印刷字体之间、在现代性与即时性之间，一个巨大的空白地带出现了。中国久远的书写传统在工业时代与现代主义相遇，现代美术字成为某种"印刷时代的书法"，现代美术字是中国传统书法模式与西方字体版式两者结合的必然选择。基于字体的文字设计模式与应机的美术字模式，是中国现代文字设计的双重并行演进，成为中国早期现代主义的探索路径。

与层级清晰的拉丁文字体系不同，中国文字设计的真正基石与实践课题是西方模式无法简单移植的中国文字。异于西文字母逻辑的中国文字设计自身该有怎样的创作范式？作为视觉传达设计最基本的问题，对文字设计问题的讨论也将直接引向中文语境下的设计方法问题。可以说，现代美术字是中国现代文字设计的真正开端，现代美术字对于建构中国文字设计知识构成与脉流体系的贡献，必将引发对中国现代文字设计独特进程及其现代性的反思。将现代美术字置入文字设计（Typography）话语中考察，从其驱动、方法、范式来看，都证明这是生长于独特社会历史时空，基于独特文字语境的中国现代文字设计，是中文语境下现代文字设计的独到解决方案，其实质是书写性传统在大规模技术复制时代的延续。

3. 英语 Art 或德语 Kunst 在日语中被译成"美术"，再传到中国。其含义，也从与"美育""美学""艺术"等混用的状态，逐渐被筛选、过滤后确认为：视觉艺术或造型艺术。由此可知，"美术字"为近代概念，是一种现代文字设计。另一同时使用的"图案文字"，由日语"图案"对应"设计（Design）"的翻译而成，"图案文字"也就是"文字设计"的意思。也就是说，"图案文字"是从现代设计的立场与视角出发的一个定义，拥有更大的包容度与可能性。从这个角度看，"图案文字"的名称其实比"美术字"更为准确。因其后主要创作人群从最初的专业设计师与教师，逐渐转为广大公众的美术群体，基于设计立场的"图案文字"淡出，只留通俗易懂的"美术字"。

1930 年，中国现代设计先驱钱君匋编著的《图案文字集》中整理了中日的美术字资料，这可能是最早由中国独立出版的关于美术字的著作。其前言有："近年来，我国的出版界及商店的招贴和窗饰上，都运用着一种'新字体'——应该称为图案文字，现在更加盛行，差不多到处可见棱模的或婉转的姿态的字。"

钱氏指出："美术字是基于现代媒介的文字设计；同时，有刚硬与婉转不同风格，其现代性的美学旨趣并不同于书法。"

这些新的文字设计，可以被称为中国的"美术字现代主义"，它们是现代生活的文字图景，是文字设计师的现代化想象。包括字体的工业革命、美术字现代主义、书法的激活、独立文化的出版、大众文化、影像新媒介、革命救亡的社会图景等，这些碎片状的证据被连接成一条隐秘线索，勾勒出复杂而激动的宏大场景，呈现了工业时代中国文字的生命力与可能性。今天已不再称呼"美术字"，但现代美术字早已经作为精神与方法，成为中国现代文字设计的内核。

4. 在一般的陈腐观点与狭隘视角中，中国伟大的书写传统往往被视为保守与落后。而实际上，中国的书写性传统的核心是一种激进的模式。

传统—激进。费正清（John King Fairbank）晚年说过，应从中国社会的内部去寻找历史发展的连续性。中国文字设计的模式语言，基于中文激进的"模件"与"书写"传统。这种模式语言，我们称之为"传统的激进"。

谓之"传统"，因其文字法度森严而流传有序；谓之"激进"，是因其生生不息的开放性与当下性。在这一模式中，传统即是激进，激进构成传统。传统，恰恰是由一系列历史中的激进所构建的传承。传统的激进，意味着需要实践者在现代与传统之间，朝向两端无限打开，不但回溯本源，而且活在当下。

如果说，拉丁文字设计体系是 TYPOgraphy，是基于 Typo 的层级逻辑；那么中国文字设计体系，则是 typoGRAPHY，是非理性主义的 Counter Typography（反文字设计），应机生发，着力在 Graphy 的表意性。作为本能的视觉交流者，中文传统中激进的"模件"与"书写"，天然成就了中国文字设计的"表意性"，表现出"即时性""有机性""流动性""非线性"的特征，产生充满活力的信息交流与多向阅读。虽最初是因字体瓶颈而产生之被迫选择，但另一层面也足以体现应机的灵敏。

多重的维度。事实上，中国历史上其他的艺术门类，如书法、水墨绘画、插花、篆刻、园林、制钮、琢玉等，亦能看到这些有机的、即时的、充满活力的方法论。

作为一种意识底层的信息建构模式，文字设计就是"一切"。中文在日常生活的广泛层面的展开，使我们有机会去探索一种蕴含中国智慧的设计观与方法论，一种从中文的大地中生长出来的模式。在中国，文字设计可能不仅仅作为平面设计的基础，而且作为方法论与模式语言，在广泛层面的创作中展开。中国文字设计，因指向了中文语境下的设计方法问题，而成为对世界的重要贡献，这无疑预示了中国文字设计自身创作模式的觉醒。

四、古拙之道

1. 自 2012 年开始，我在中央美术学院二、三年级中开设了"心手合一"：汉字作为方法课程（The Unity of Heart and Hand: The Basic Practice on Chinese Typography）。

对我而言，教即学。因为中文的"教"与"学"，乃至"觉""交""校""效""孝"，有着相同的本源，都是基于"文"的交流与传习。只有火焰才能点燃火焰，教学之本义，即以对"文"的明觉，来推动与引发更多的觉醒。

文以载道，学以成人，中国的文字设计就本质而言，并非外在的知识，而是内化的行动。如同我们无法从文本与知识中品尝水果，唯一的方法就是直接体验水果的滋味，而后酸甜自知。中国文字设计，与其说是一种技术，不如说是推动设计者觉醒的路径。

2. 中国文字设计的修习路径，就是以日课的方式，心手合一地沉入伟大的古典，并打通当下。

定课：以设计作为日常生活修养。内化：用设计内化为各自的生命自觉。

日，是人生百年的相续不断。课，是功课与修行。日复一日，身体力行，循序渐进，知行合一，故"一日有一日之境界"。通过日课，次第精进，深入的行唤醒深刻的知，并以此来追索与叩问文字的生命究竟。因一生的"一日临古一日应请索"，而成为文字的日常生活实践。心摹手追是不二法门，"与古为徒"或"与古人血战"需要全身心地沉入，而非浅薄地"创新"。通过长期"见贤思齐""心手相应"而致"心心相印"，最终实践将内化为一种个体的"字库"。反本开新，际合天人、通融古今，在心无旁骛中洞彻幽微，找到契入的缝隙。

书写作为日课，与素描类似，都是对精确地观察事物本质的训练，并将常人只存于内心的形式直觉，毫无障碍地直接呈现。为了实现这一点，必须通过长期高速、高强度的肢体劳动，将被封印在身体躯壳中的那种真实彻底解放，直到内化为生命自觉。这即是一条数千年的古道，以知行合一的书写性实践，来实现设计者觉察与行动的合一，来唤醒中国文字设计不可思议的内美。

课程从正体碑帖脉流研究开始，"取法乎上"，每位同学从以下两个体系中选择一种深入：第一种，"篆—隶—黑"体系（篆、汉、碑学、无饰线体），第二种，"楷—宋"体系（魏晋、唐楷、雕版字体、宋体）。

课程进程分为三个阶段。从汉字的宇宙观与秩序理想入手，在每一个阶段展开书写与构成两个维度的日常实践：第一阶段，点画宇宙，骨气洞达；第二阶段，经营位置，分间布白；第三阶段，形势心印，气韵生动。

3. 王国维在讲西方美学之两端——优美与壮美之外，另列一难以描述的"古"，以破除西方美学之二元对立。对中国文字设计来说，"古"即"今"。古今一念，拙巧不二。《尔雅》说："古者，故也。故者，今也。""执古之道，以御今之有。"在当下沉入古典，即可破除古与今的二元对立。

我们将中国文字设计的学习路径，建构在古老的书写性传统之上。在四周乃至于更长的时间里，我们共同心手合一地沉入那些伟大的古典，以获得真正的觉察，即欧阳询所说的那种"心眼准程"的设计经验，那种"寂静而狂喜"的精神体验。这是一条人迹罕至的"古拙之道"。"古"，因其深刻与厚重，"拙"即是简朴与直接，如同柯布西耶（Le Corbusier）深刻地认识到"现代装饰艺术即是无装饰"，如同老子告诫的"大巧若拙"。

如何发掘中国文字设计学习的决定性瞬间？课程的任务就是，建立中国文字设计修习的路径与场景——知行合一，返本开新，以期待公案发生的瞬间。项目必须易于进入且卓然有效，在书写性与复制性之间，课程展开基于以下两种互为支撑的定课实践：第一种，无限书写。第二种，无限构成。具体展开如下。

从两种场景设定：书写性日常、基于项目的实践场景

从两种体系进入："篆—隶—黑"体系、"楷—宋"体系

从三个阶段解析：点画宇宙、经营位置、形势心印

从两条维度推演：正、草

从两端进入激进：无限书写、无限构成

由此，在道技、精神理想与日常生活、经典文脉与个人才能之间，敬以内直、义以方外，建立正大光明的美学理想，那种《易经》中说的"直、方、大"的格局。

每次在课程的最后一天，沉浸在成就感中的同学们互相分享课程成果，我们会共同再一次确认这个课程的初心：如何在心手合一的日常实践中不断遇见全新的自己？如何在心底播下种子，让生命慢慢成长为一片森林？为此，我曾写下如下短句送给他们：设计不是知识，而是一次又一次的现场。每个人都是一所学校。用火焰点燃火焰。自觉觉人，过去与未来在当下相遇。

五、东亚的自觉

2014 年，在我参与策展的第三届首尔 Typojanchi 国际文字设计双年展中，能明显觉察到今天全球文字设计正在面临的双重转向。今天的文字设计拥有比以往任何一个时代都更为开放的边界，文字设计即将又一次推动媒介革命与人类觉醒。

文字设计的当代转向：从语法到写作。文字设计的东亚转向：从格式塔到程式塔。

"致广大而尽精微，极高明而道中庸"，当无限放大我们的心量，在一个

更宽阔的时空来观照与审视中国文字设计的核心，即文以明之、文以化之，即"文明"与"文化"，这正是中国文字设计的自觉。这种从中国文化的大地上生长出来的文字设计，既源于古老的数千年文明，又历经国际现代主义设计的洗礼。大道至简，而又彻底开放。正如瑞士设计师沃尔夫冈·魏因加特（Wolfgang Weingart）曾预言的：

> 我们需要新的冲击，在未来的十年中我们将可能依托于此。也许这些新的影响会来源于远古的民族。

抑或又如北岛那首 20 世纪七八十年代在中国广泛流传的诗歌中所写：

> 新的转机和闪闪的星斗，正在缀满没有遮拦的天空。那是五千年的象形文字，那是未来人们凝视的眼睛。

参考文献

[1] 柯布西耶 . 今日的装饰艺术 [M]. 张悦，孙凌波，译 . 北京：中国建筑工业出版社出版，2009.

[2] 赫尔穆特·施密德 . 今日文字设计 [M]. 王子源，杨蕾，译 . 北京：中国青年出版社，2007.

像灰缎子一样平滑——汉字字体设计墨色经营方法研究

王静艳

王静艳

　　上海大学上海美术学院字体工作室主任、副教授、硕士生导师，中央美术学院设计学博士，设计师，字体研究者，中央美术学院中国文字艺术设计研究中心研究员，刘海粟美术馆特聘研究员，中国包装联合会包装教育委员会常务委员，中国中文信息学会汉字字形信息专业委员会常务委员，"美哉汉字"字体文化品牌总策划人。

【摘要】墨色匀称是提高汉字字体易读性的重要因素，对墨色的研究是汉字字体设计方法论研究的基础之一。本文首先从梳理"墨色"概念入手，分析了"墨色"概念来源以及与书法学"墨色"概念的异同；其次从笔画粗细或多少、不同的印刷方式这两方面入手，阐明了影响墨色呈现的各种因素；最后分析了实现墨色均匀的具体方法：从古典墨色理论中寻找启示，并详细阐述控制成套字体整体墨色匀称的步骤以及具体单字粗细的调整方式，从整体到细节全面地说明了墨色经营的方法。

【关键词】墨色；汉字字体；笔画粗细

一、墨色的概念

"墨色"一词源于书法学，在书法学中指的是点画浓淡、燥润等的"色彩"变化，书家运用这些变化在章法构成中进行有机组合，形成五色并举、六彩纷呈的局面[1]。简而言之，"墨色"是书写所呈现的黑白分布品质。

对墨色的研究早在魏晋南北朝时期就已经出现，但论述较少，大多隐含在对用笔的解读中，或从审美角度对书法所表现的内在骨力与气韵的评述中。王僧虔《论书》中"子邑之纸，研染辉光；仲将之墨，一点如漆"[2]，就显示了对"色如点漆"即墨色黑亮的喜好。至唐宋，墨法问题逐渐为书家看重，欧阳询所言"墨淡则伤神彩，绝浓必滞锋毫，肥则为钝，瘦则露骨"[3]，正是其对运用墨色的理解。孙过庭所云"带燥方润，将浓遂枯"[4]，则关注了用墨的变化。其后，书法中对墨色的喜好逐渐从专用浓墨、色如点漆转向墨分五色：焦、浓、重、淡、清的淋漓变化。到明代，墨法的地位和重要性被正式确立。董其昌提出"字之巧处在用笔，尤在用墨，然非多见古人真迹，不足与语此窍也"[5]，正式提出了"用墨"一词，而董亦因用墨在书史上独树一帜。清代对用墨的认知已经是"画法字法，本于笔，成于墨，则墨法尤书艺一大关键已"[6]，用墨成为汉字艺术中的基本问题。

字体设计中的"墨色"概念来源于书法，指字体所呈现的黑白分布品质，这一点与书法学类似。"墨色"既是指单个字笔画设计、分布所呈现的黑白品质，亦是指成片排列的文字群所呈现的黑白分布品质，接近西文字体设计中的"灰度"概念。

1　陈海良：《中国书法墨法研究》，中国艺术研究院，2009。
2　张彦远：《书法要录卷一·王僧虔·论书》，人民美术出版社，1984。
3　毛万宝，黄君：《中国古代书论类编》，安徽教育出版社，2009。
4　孙过庭：《书谱》，载崔尔平《历代书法论文选》，上海书画出版社，2007。
5　董其昌：《画禅室随笔》，载崔尔平《历代书法论文选》，上海书画出版社，2007。
6　包世臣：《艺舟双楫》，载黄简《历代书法论文选》，上海书画出版社，1979，第619页。

　　当然，字体设计和书法中的"墨色"概念有所区别。字体设计中的"墨色"注重匀称，更追求字体所呈现的整体匀称度，使整体版面效果匀称平滑，提升阅读的流畅度、快捷度。而书法中的"墨色"讲究变化，墨分五色，要求体现浓淡干枯的相互转化，这与书法越来越偏向于个体的艺术表达以及其传达信息的功能被印刷字体替代不无关系。

　　字体设计是体现"中和之美"的艺术，墨色匀称亦需要"致中和"。墨色不匀、跳跃不定的版面固然会影响阅读，过分匀称的墨色也会使阅读容易疲劳。总之，"墨色匀称"是适度的、协调的匀称。

二、墨色呈现的影响因素

（一）笔画粗细或多少影响墨色呈现

　　从本质上说，墨色是笔画粗细效果的体现。一个字中若有某个笔画设计得过粗或过细，就会造成这个字墨色分布不匀的视觉感受，一篇文字中若有几个字比之其他文字粗或细，就会导致某几个地方有墨色特深或特浅的字突兀显现，从而使版面显花。字体设计师钱惠明[7]曾说过，好的字体设计在排版后要像一块平铺的灰缎子一样平滑，不能有折痕，不能有线头，不能断线，也就是说没有颜色深浅的变化。如果有一个笔画粗了就会出现线头，线头就会让版面墨色不匀[8]。在这段描述中亦可以看出，影响墨色均匀的粗细问题包含了两个方面，其一是单字内部的粗细，其二是文字群的粗细均衡。

　　单字内部的粗细主要受字的各个笔画粗细和布白影响，粗细不匀或布白不匀就会使单字墨色不匀，图 1 中就存在单字笔画设计不当引起墨色不匀的问题，例如"感"字中，"心"字底的卧勾明显粗于其他笔画。

　　而文字群的墨色则取决于成片文字的整体粗细均匀。汉字与英文不同，英文字体由字母组成，每一个字母的笔画数接近，墨色差异也并不特别明显。

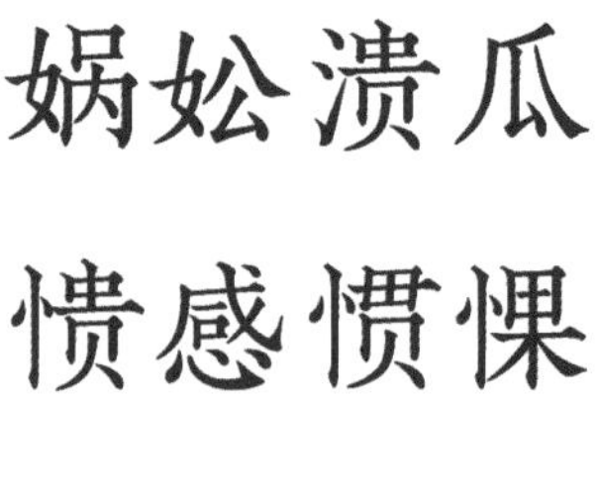

娲妠溃瓜

愦感惯悃

图1

图 1　单字中个别笔画设计过粗引起的墨色不匀（图片来源于学生作业）

7　钱惠明是上海印刷技术研究所字体研究室的核心成员，新中国成立后培养的第一代设计师，也是宋体一号、宋体二号的主创设计师之一。宋体一号最先用于 1965 年版《辞海》正文字体的排版；宋体二号用于 1965 年横排版《毛泽东选集》正文字体的排版，并获得 1977 年上海市重大科技成果奖。

8　黄克俭访谈，访谈日期：2020 年 4 月 8 日上午，电话访谈。

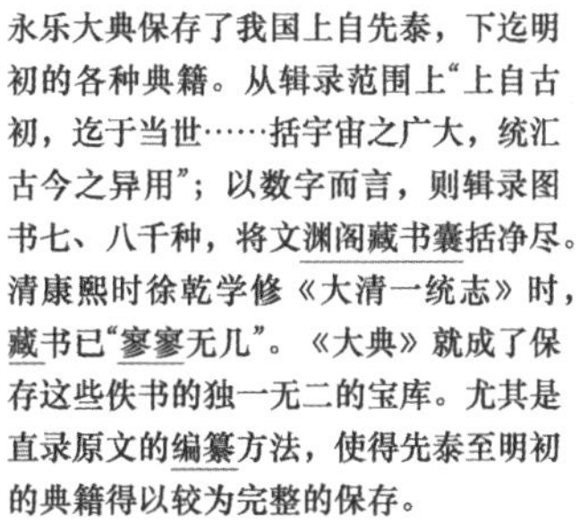

图2　汉字笔画多少不一，粗细处理不好将导致墨色不匀，多笔画字黑糊一团（笔者制图）

图2

永乐大典保存了我国上自先秦，下迄明初的各种典籍。从辑录范围上"上自古初，迄于当世……括宇宙之广大，统汇古今之异用"；以数字而言，则辑录图书七、八千种，将文渊阁藏书囊括净尽。清康熙时徐乾学修《大清一统志》时，藏书已"寥寥无几"。《大典》就成了保存这些佚书的独一无二的宝库。尤其是直录原文的编纂方法，使得先秦至明初的典籍得以较为完整的保存。

而汉字笔画多少不一，天然的墨色差别极大。笔画多的字墨色极重，例如赢、寰、邋、蠡，更有齉这样笔画多至40余画的汉字。而笔画少的字则仅有1—2笔，墨色轻浅，与多笔画字排列在一起墨色相差甚多。要解决这个问题，就需要合理设定笔画的粗细分档，少笔画粗，多笔画细，不管笔画多少都要使之相互匀称，视觉整体上灰度一致、墨色均匀，避免出现连续几个少笔画字排列在一起的花白一片，或是笔画太多太密成为黑糊的一团，也就是"色偏"（又称偏光）。版面"在可视化的层面上既包括字体结构，也包括行间排布"[9]，单字的墨色匀称和版面整体行间布白的匀称同样重要，版面行间布白出现多个"色偏"，版面会显得东一块白西一块黑，妨碍阅读。

（二）不同呈现技术影响墨色呈现

"回顾迄今为止的宋体字发展，可以说都是伴随着印刷方式的变化而变化的，不停地追求字体的印刷适应性……这不仅仅表现在宋体的发展上，其他字体亦是。"[10]印刷方式不同，字体的最终呈现也不同，这种不同主要体现在墨色变化上。凸版印刷的字体比平板印刷的字体显粗，而屏幕显示字体则会在白底上显细、黑底上显粗……总之印刷方式的不同导致墨色表现不同，也就是粗细产生变形，最终影响整体布白感受[11]。

（1）凸版印刷

从雕版印刷开始，印刷术一直是以凸版为基础的，到活字印刷仍旧如此，不管是木活字、泥活字、铜活字还是近代以来的铅活字，都是挖去非文字部分的空白，使文字在基底上凸起，再刷上油墨，就可以转印到纸面等承载物上，完成印刷。在这个过程中，由于凸出的字和油墨在接触到纸面时被施加了压力，油墨在压力下会有不同程度渗出，印刷在纸面上的字就会表现出不同程度的加粗变化。印刷机施加在纸面上的压力越大，印刷机给墨越多，字变粗就会越明显，尤其是在材质粗糙的纸张上会加倍变粗。因此在实际印刷中，技师会在前期反复调整印刷机器，以达到最适合所使用印刷纸张的压力（不同厚度、不同质地的纸张需要不同的压力）。但不管如何调整，凸版印刷始终还是会让

9　张翀：《金文整饰的动力与方法——以早期铜鼎铭文为例》，《艺术工作》，2018，第63页。

10　[日]冈本保：《タイプ デザインのル - ル》，富士通アプリコ株式会社，1993，第47页。

11　仇寅访谈，访谈日期：2020年6月22日上午，电话访谈。

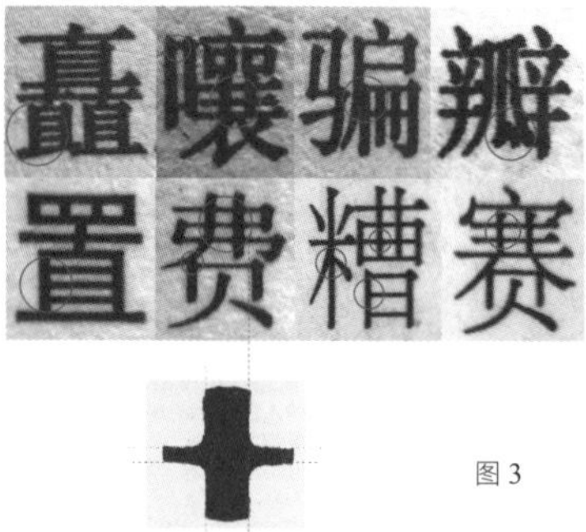

图3

图3 渗墨形成的"鸭蹼"(笔者制图)

最终呈现的字体在原字体基础上加粗一圈 [12]。因此在设计凸版印刷用字时应该考虑到渗墨的因素,适当减细笔画。这种考虑对于正文字体是非常必要的,大面积排版会放大渗墨所带来的加粗印象。

另外,凸版印刷会使笔画交叉处的渗墨加粗更明显。这种渗墨现象使交叉部分笔画笔形模糊,直角变成了类似鸭蹼的圆弧,当然,这种变化到了平版印刷时就不会那么明显了。如图3的八个字是由小五号字放大而来,上一行的四个字是由铅活字印刷,下一行四个字是由数码平版印刷,数码平版印刷的边缘光滑度明显比铅活字印刷好一些,但笔画交叉处也一样都有"鸭蹼"存在。这种"鸭蹼"让一些小单元的内白空间从方形变成了椭圆形,清晰度降低,这时候可以在笔画交叉处做适当的减细处理,让墨色匀称。

字号越小,这种渗墨导致的字形不清晰会越明显,超过一定界限后一些笔画多的字就会糊成一团。以图4为例,9—12号时还算清晰的字,到了8号、6号"色偏"逐渐严重,笔画多的字糊成一团,不易阅读。

正文用字一般来说以9—12号为常用字号,字体设计师在设计正文字体时,需要以常用字号进行笔画粗细效果是否恰当的视觉判断,对于比常用字号大或小的字号,直线和横线的比例就需要有所改变,才能保证字形的清晰度。

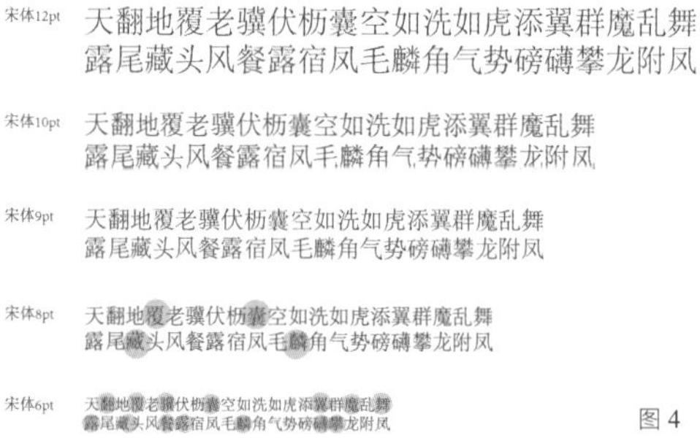

宋体12pt 天翻地覆老骥伏枥囊空如洗如虎添翼群魔乱舞
露尾藏头风餐露宿凤毛麟角气势磅礴攀龙附凤

宋体10pt 天翻地覆老骥伏枥囊空如洗如虎添翼群魔乱舞
露尾藏头风餐露宿凤毛麟角气势磅礴攀龙附凤

宋体9pt 天翻地覆老骥伏枥囊空如洗如虎添翼群魔乱舞
露尾藏头风餐露宿凤毛麟角气势磅礴攀龙附凤

宋体8pt 天翻地覆老骥伏枥囊空如洗如虎添翼群魔乱舞
露尾藏头风餐露宿凤毛麟角气势磅礴攀龙附凤

宋体6pt 天翻地覆老骥伏枥囊空如洗如虎添翼群魔乱舞
露尾藏头风餐露宿凤毛麟角气势磅礴攀龙附凤

图4

图4 字号越小渗墨导致的字形不清晰会越明显。宋体9号字显示清晰墨色表现尚可,9号字以下多笔画字逐渐模糊。6号多笔画字到了难以辨认的程度,笔画多的字糊成一团,纸面上出现一个个墨点(笔者制图)

12 对于具体加粗多少,今井直一曾提到"印刷出来的字样,它的笔画增粗的比例和笔画本身面积相比,则竖笔画增粗十分之一,横笔画增粗近十分之三。"怎样使活字阅读起来方便省力 [C]// 上海印刷技术研究所 . 印刷活字研究参考资料(C). 内部刊物 .2011:75.

这也是正文字体和标题字体最大的区别，两者的笔画粗细度、直线横线粗细比例标准不同。这一点不论是何种印刷方式，包括屏幕显示字体都必须遵循，极小字号、小字号、大字号的笔画粗细、中宫大小甚至字面大小都要有所不同。这个论点和西文根据磅值的大小来变化字的直线、衬线和细线的粗度关系是相同道理 [13]。

（2）平版印刷

激光照排即电子排版，是目前广泛应用的平版印刷方式。这种方式是通过计算机将文字分解为点阵，然后控制激光在感光底片上扫描，用曝光点的点阵组成文字和图像形成印版，再用印刷机和油墨完成印刷。与凸版不同，平版印刷使用油水相斥的原理，需要印刷出来的文字、图形用油墨覆盖，而无须印刷的部分用水覆盖，此时文字与空白处于同一平面，凸版中产生的渗墨现象会大大减少。

更特别的是，根据徐学成 [14] 的说法，由于是感光材料曝光成像，粗笔画容易透光发粗，细笔画则难于透光，会收细。因此，有些在活字时期设计的字稿需要重新设计粗细分档才能使用，尤其是粗细变化明显的宋体字。例如，"宋二体"数字化进入电脑时，就将横画加粗、竖画适当减细，将原字横竖1:2.8 的比例修整成 1:2 [15]。

（3）屏幕显示

屏幕显示在 20 世纪后期逐渐兴起，与纸面印刷相比，这种"印刷"方式是一次断然的变革。印刷机、油墨、制版都退出了舞台，替代的是液晶显示屏，它的墨色不通过纸面表示，而是屏幕。与纸面相比，屏幕字体没有油墨的渗墨影响，字体在最终呈现时没有被动加粗的问题，也就是说同一款字在白色底的屏幕上显示会比白纸上印刷效果显细，墨色显浅。

而屏幕显示字体亦有自身的特殊性。首先是与纸面需要借助外光源不同，屏幕是自发光，这就意味着屏幕光投射至眼睛会产生"光渗效应"，即当光亮物体在视网膜上成像时会产生与球面镜面一样的"像差"效应，让光亮物体的轮廓边缘比其他位置更加明亮，似乎在轮廓处增加了一层光圈的围绕。这种光的围绕让白色背景下的文字容易见细，笔画所占的像素被屏幕亮光"吃"掉一部分，失去细节，也让整体墨色见浅 [16]。此时，反而需要加粗字体笔画，以达到预期墨色。

13　小字号下提高字体质量，是有技术手段弥补的。例如，HINT（提示信息）技术，能让字符在倍数缩小中保持字形不变，使小字号下不至于产生横窄或竖宽的变形、字间距太小、笔画细节粗糙等问题。例如 MM 技术（Muliple Master，多模板技术）提供了小字号显示下的视觉自动修正功能。

14　徐学成（1928—2019），汉字印刷字体设计第一代代表性传承人，主持设计了"黑一"、"黑二"、"宋黑体"、24×24 点阵字体等，出版有《怎样写好美术字》《美术字技法与应用》《美术字荟萃》。

15　徐学成：《徐学成文集》，上海市新闻出版局内部资料，2015。

16　吴轶博：《融摄与演生——中文数字字体演化路径研究》，博士学位论文，中央美术学院。

其次是屏幕分辨率的影响。在早期的屏幕显示中，极低的分辨率决定了字体显示的粗糙品质，尽管有控制信息技术（HINT）[17]、灰度渲染技术（Grayscale Randing）[18]、超清晰显示技术（Clear Type）[19] 的加持，还是需要在字形设计上尽量简化笔形，减少曲线和装饰角，扩大中宫和字面，才能保证小字号显示的品质，但整体的墨色表现仍旧受到影响，不易控制。因此，早期屏幕显示字体的笔形设计简单，尽量避免曲线和装饰线，以黑体为主要使用字体。随着技术的迭代，屏幕分辨率大大提高，到 2006 年，视网膜技术（Retina Display）的出现已经让屏幕像素密度超过人眼能分辨的范围，肉眼再也看不到像素颗粒，带来了极其细腻的视觉体验。这意味着具有丰富细节的字体也可以被很好地显示了，无论是宋体还是曲线更为丰富的楷体都可以在屏幕上呈现出细节，墨色也不会因为分辨率低下而难以平均分布。因此就目前而言，一些低分辨率的设备还是会影响字体墨色表现，高分辨率的设备已经不存在此影响，只要考虑"光渗效应"和小字号本身对阅读形成的挑战即可。

如手机、pad 这样的小屏幕阅读，惯常使用的字号远远小于纸质书籍、电脑屏幕阅读使用的字号，这就会影响字体的墨色表现。在图 4 中我们已经看到小于 9 号字时墨色会越来越容易见花，这是因为测试用字体本身就是为纸质书籍阅读而设计的，主要考虑的是 9—12 号字的墨色表现，并不适用于小屏幕阅读。针对小屏幕阅读字号偏小的特点，字体设计时需要格外注意墨色设置的特殊性，保证小字号显示的清晰度。目前的做法一般是会适当减小横竖线条之间的粗细差异，减小整体线幅，扩大中宫，使内白舒朗。同时，在进行墨色表现测试时，以常用的 5—8 号字为测试依据。

三、墨色均匀排布的经营方法

（一）匀与不匀：来自古代墨色理论的启示

中国书法研究汉字书写上千年，自有符合汉字自身审美情趣的墨色处理方法，大致而言可分为两种不同的处理方法：一种是注重表现墨色的变化，一种是寻求墨色的匀称。前者是我们现在众所周知的、艺术品意义上的书法艺术，它以情感表达、意趣、变化为宗旨，寻求的是墨色的自然变化，从浓到淡、从荣到枯，如图 5 中董其昌《杜甫醉歌行诗》和米芾《吴江舟中诗卷》墨色变化

17　HINT 技术的主要作用是让字符在变倍过程中保持字形不变，即用专门参数表示字体的横宽和竖宽，在字形缩小或放大时触发提示，从而用特殊的变倍处理来保证横宽和竖宽在任何点阵情况下保持一致。

18　这项技术由麻省理工学院的架构机器组开发，通过在字形边缘填充各种明度的灰色来制造高分辨率的错觉，用以对抗字体边缘因为像素填充产生的锯齿状毛边。

19　1998 年微软公司推出 Clear Type 技术，该技术在字形边缘添加灰色像素，不仅起到柔化字体边缘、增强清晰度和平滑的目的，而且能到达到每英寸 300 个像素的效果。

多端。后者是以功能诉求为主的书写（碑文、墓志、写经、奏章、抄书……），以传达信息、清晰易读为宗旨，墨色讲求匀称、统一，如图 5 赵孟頫的《姑苏玄妙观重修三清殿记》和王宠的《南华真经》，对此极致的归纳就是馆阁体所谓"乌方光"。作为大众阅读用字，正文字体设计可参考的是后一种。唐人孙过庭在《书谱》中说："趋变适时，行书为要，题勒方幅，真乃居先。"大意是说当应急书写时，行书是最方便、快捷的书体，而告示文册等的书写，楷书才是最适宜的，可见人们早就意识到了功能性书写是以易于阅读为要义的。

再进一步分析历代以来的楷书范本（尤其是墨迹法帖），可以发现为了达到墨色匀一，有两种不同的办法。第一种是减细多笔画字的大部分笔画，而少数笔画维持与其他字等粗，这种做法的好处是可以保持不同字的大小一致。我们看图 6 中馆阁体代表人物明代沈度的《敬斋箴册》部分截字，看上去整体页面墨色匀称，实际上笔画多的字如"萬、變、須、熱、壤"都是细化了部分笔画，有规律地保持了其他笔画、部件的粗度，使其与其他少笔画字在整体粗细感受上统一起来，并且不至于布白太密糊成一团黑。而像"一、日、正、不、火、天"这样笔画少的字则所有笔画都比较粗。

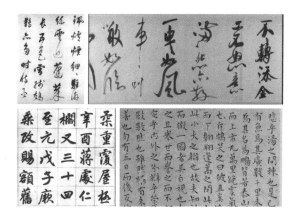

图 5　上左：董其昌《杜甫醉歌行寺》。上右：米芾《吴江舟中诗卷》。下左：赵孟頫《姑苏玄妙观重修三清殿记》。下右：王宠《南华真经》

图 5

清人钱沣的《钱沣楷书轴》又略有不同，他不是强调一个字中的一部分，而是将一个字分成几个部件，强调各个部件的主笔。以"讀"字为例，这个字笔画有 20 多笔，为使其与其他字保持墨色上的统一，钱沣减细了绝大部分笔画。这些减细的笔画是该字各个组成部件中的副笔画，而各个部件的主笔保持了粗度，例如右上角"士"的竖笔，中间"囧"的外框，下面"貝"的外框。这样的做法使得"讀"字尽管笔画比周围的"五、所、何、道"都多，但没有显得比它们墨色更黑，字的大小也一致。

另一种方法是不减细多笔画字，而放大其面积，也就是说不在笔画粗细上下功夫，转而在字体大小上下功夫。这种做法整体的墨色极匀，更优秀的是空间上的表现，整篇字的布白都保持了匀称节奏，而不会出现少笔画字内白的单元空间大、多笔画字内白的单元空间小的状况，并且因为保持了字与字之间外形大小的极大差别，对于辨识有益。图 7 是明中后期书家王宠的《辛巳书事

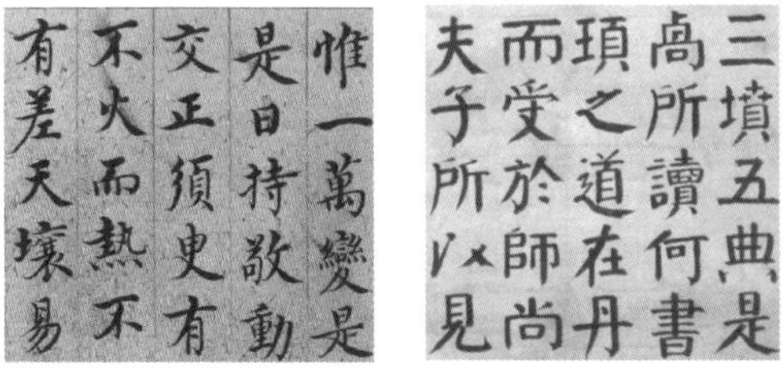

图 6   左：沈度《敬斋箴册》，右：钱沣《钱沣楷书轴》

诗七首》和明末书家黄道周的《孝经颂》，整体墨色表现极为匀称。分别选其中几行，将其中差别较大的几个字列出，我们可以看到多笔画的字被放大，如《辛巳书事诗七首》的"應、雞、綸、麗、霄、覆"比之其他的字大了不少，而"甲、下、中、九、日、月"这样的少笔画字又缩得很小，比笔画多的字小了一半有余。《孝经颂》的"巖"字表现得也很明显，字放大，但内白保持了与其他字一致的节奏。

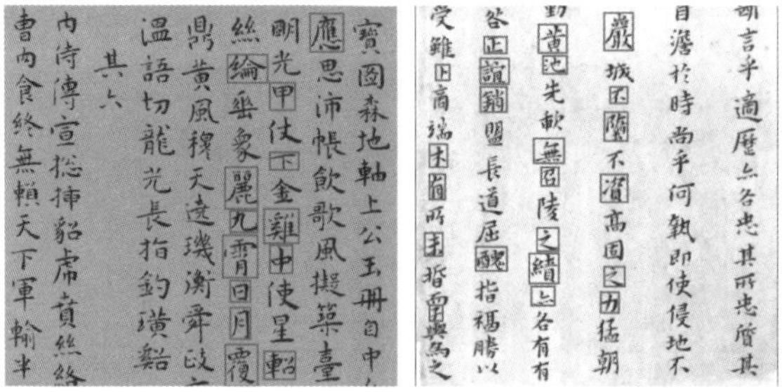

图 7   左：王宠《辛巳书事诗七首》，右：黄道周《孝经颂》

这种方法有诸多优点，只可惜在活字技术制约下，大小不一致是难以实现的，每个字都被限定在一个活字方框的范围内。但进入数码时代，这种技术壁垒已经烟消云散，汉字设计的固有思维或许可以从活字上稍稍移开视线，看看更自由、更人情味的书写，探索汉字设计新的表达，这未必不是一个好想法。

（二）控制色偏：现代设计中墨色均匀的实现步骤

让整体墨色均匀，需要从字体设计的最初阶段介入，并在设计中反复检测。整个过程，大致来说可以分三个步骤着手。

首先是根据字体的设计目的确定墨色比例。从物理上说，活字中的"墨色"就是字体字身的横断面积和印上油墨的笔画线条的总面积之间的比例。通常是把笔画的总面积除以活字字身的横断面积，再乘上一百倍，就成为墨色的百分比。这种算法在数字字体时代亦有效，将活字字身横断面积替换为字身框[20]的面积即可。每款字体都会设定各自的墨色百分比，那么如何设定墨

---

20   字身：一个字符所占的方形或矩形空间，包含字符及字符周围的空间。字身框即用以示意字身的线框。

色比例？这与字体的设计目的相关。

正文字体通常是带有明显的设计目的的，考虑其是为了书籍阅读而设计？是为了报纸阅读而设计？是为了手机阅读而设计？不同的目的会带来不同的墨色设定。一般来说，相对于书籍使用字体，报纸使用的字体更细，墨色更浅，这是与版面大小相关的。报纸的页面远远大于书籍，版面上有更多的文字排列，版面越大文字量越大，相对的字体就要越细。以书宋和报宋为例，书宋明显笔画更粗，墨色比例更大。

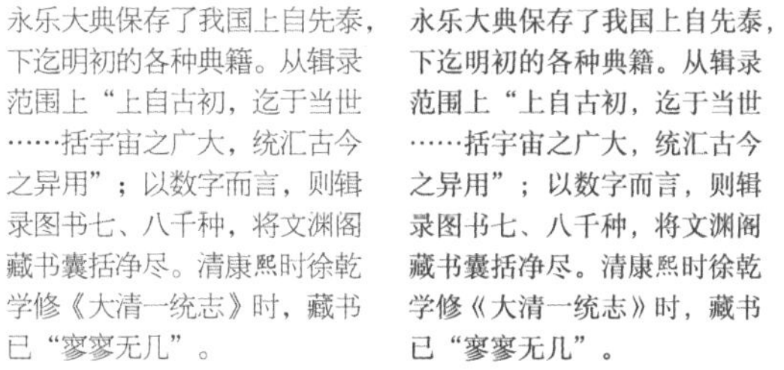

图 8　左为报宋，右为书宋
（笔者制图）

永乐大典保存了我国上自先秦，下迄明初的各种典籍。从辑录范围上"上自古初，迄于当世……括宇宙之广大，统汇古今之异用"；以数字而言，则辑录图书七、八千种，将文渊阁藏书囊括净尽。清康熙时徐乾学修《大清一统志》时，藏书已"寥寥无几"。

图 8

永乐大典保存了我国上自先秦，下迄明初的各种典籍。从辑录范围上"上自古初，迄于当世……括宇宙之广大，统汇古今之异用"；以数字而言，则辑录图书七、八千种，将文渊阁藏书囊括净尽。清康熙时徐乾学修《大清一统志》时，藏书已"寥寥无几"。

其次是确定墨色最高最低限度的界线，确保墨色过轻的或墨色过重的字都调整到合理的范围内，保持一个比较适中的墨色。也就是说要妥善根据使用的需要设定线幅的最粗和最细档值，不可差别过大。

这种最粗最细线幅设定并不是凭空产生的，而是通过设计关键字来获得的。关键字中涵盖极少笔画字、极多笔画字、平均笔画字，经过反复视觉比较、线幅调整后让不同繁简的字达到匀称的墨色，然后测定这些关键字的笔画，获得各个基础笔形的笔画粗细分档。这些粗细分档会在后期整套字的制作中成为规范指标。以上海字体研究室设计的黑体二号为例，设计团队在设计好关键字后，测定横画最粗为 5.5 毫米，最细为 2.3 毫米，竖画最粗为 5.7 毫米，最细为 2.9 毫米，横竖画都分 13 档粗细[21]，整套字的横竖线幅都设定好了，后期只要根据笔画数选择合适的粗细分档即可，这样有助于整体墨色的控制。

当然，不同字体的笔画分档是不同的。以华文宋体为例，其包含粗体和常规体两个字族，在 1000×1000 个单位[22] 的网格中，粗体的横画设定在 60—100 个单位，而细体设定在 39—54 个单位[23]。

最后，需要确定最优的字号使用范围。对于特定用途的字（例如正文或者标题），要根据常用的字号大小调整整体的笔画粗细，使最终墨色匀称。例如，书籍正文用字一般在 9pt—12pt，当我们设计的字用于书籍正文排版时，

21　《黑体二号印刷活字设计研究报告》，上海印刷技术研究所，印刷活字研究参考资料，内部刊物。

22　1000×1000 个单位的网格是指 Adobe 字库设计软件中的字身框。

23　黄克俭访谈，访谈日期：2020 年 4 月 8 日上午，电话访谈。

就需要将样字打印成 9pt—12pt 反复检查调整。

（三）经营粗细：单字笔画粗细的精细控制 [24]

以上三个步骤是从整体设定上控制成套字体墨色表现的方法。在此之后，在进入每一个单字的设计时，亦有一些更为细致的粗细调整方法，这些方法是控制单字墨色的准则。对单字设计而言，要实现墨色均匀分布，并不是粗暴地统一粗细，而是以一定的粗细变化规律让所有的字在统一中有变化，才能既保持均匀又不致死板。

（1）外粗内细

一般而言，汉字笔画外围比内部粗，右边比左边粗，这符合汉字一贯的审美规律，也符合布白的要求。特别是对于笔画多的字，如果不选择减细一部分笔画，必然会挤压内白，比其他字见黑，并产生识别问题。例如"问"字的"门"字框两竖就比"口"字两竖粗。

（2）右粗左细

汉字右重而左轻，表现在笔画粗细上就是右粗左细。传书圣王羲之所写《笔势论十二章》中就说："凡字处其中画之法，皆不得倒其左右，右相宜粗于左畔，横贵于纤，竖贵乎粗。" [25] 同样是外围笔画，"同"字的右竖就是主笔，比左竖粗，内里的"口"字部件也一样的右粗左细。

（3）疏粗密细

简化字每字平均 7—8 笔，繁体字每字平均 11 笔，如此，7—11 笔就是一整套字库笔画粗细的基数，少于 7 笔的要适当加粗，多于 11 笔的要酌量减细笔画，才能让版面看上去墨色匀称，不至于黑的地方特别黑，白的地方特别白。清人汪沄说："笔画圆满，巨者如木如竹，细者如锥如丝。"我们细看古人作字也确实如此，一整套字中有的字笔画粗，有的字则细，端看字本身的疏密。

汉字中还有一种情况，笔画数并不是很多，但平列的竖线较多，如"响"，或者字的局部笔画密集交集，如"编、縻"，都是容易粗细处理失衡的字。线条越多越见黑，尤其是竖线，局部密集度越大越见黑。此时就要适当减细密集部分。

疏粗密细，这一原则对整体阅读舒适感的塑造尤其重要。需要妥善处理笔画多少不同汉字的粗细，使其在视觉上粗细感受统一。

（4）主粗副细

"主笔"即字起支撑作用的主要笔画，是书法理论术语，宋赵孟坚《论书》中较早提道："其左方主笔之竖，亦结笔在左，穿心竖笔是也。"有的字

24　本节所列单笔画粗细设计五项规律，是根据徐学成《整黑一号体设计工作》（上海印刷技术研究所. 印刷活字研究参考资料. 内部刊物 .2011:312）、朱志伟访谈（2015 年 8 月 15 日下午，北京朱宅）整理而成。

25　乔志强：《中国古代书法理论解读》，上海人民美术出版社，2013 年，第 105 页。

主笔明显，如"中、早、生、戈"，有的字主笔隐匿，如"品、参、今、嚓"。"黄"字中横最长，主笔就是中横；"我"字竖弯钩坚实有力，是主笔；"大"字捺脚舒展，故捺为主笔。因此，字中哪一笔为主笔，往往是约定俗成的，若在书写时难以确定某笔画是否为主笔，可结合左虚右实等因素考虑，如"同"字，根据两竖并列应左虚右实的原则，主笔是右边的横折钩。

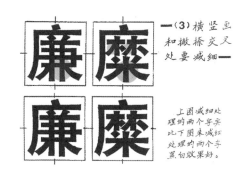

图9

图9 交叉减细。图见《黑体二号印刷活字设计研究报告》，收录于《印刷活字研究参考资料》第九辑

汉字正文字体设计中，作为一个字支柱的主笔也是要比其他笔画略粗才能使字平稳、协调符合视觉习惯。例如"早、弟、中、里、正"等字中竖最粗，"同、国、门、闷"等字外框的横竖钩最粗。

（5）交叉减细

凡是横竖笔画、撇捺笔画交叉的地方均易于见黑，而汉字有非常多的笔画相互交叉需要处理。徐学成在《整黑一号体设计工作简介》就提出"根据横竖画和撇捺交叉处情况"处理粗细，因为"笔画交叉有相互渗透的作用"，尤其是在印刷中，会形成油墨的推挤、扩大，如图"廉、糜"这样的字交叉处不减细就显笨拙。

另外，竖画在成倾斜状态时会比其成竖直状态时显粗，倾斜角度越大越显粗，因此斜竖宜细，如"车、杨"；弯曲的竖画，也就是竖弯钩，也需要将横弯部分减细，使其与竖画部分视觉上一致起来，如"扎、九、也"。

四、结语

影响阅读流畅的因素有多种，间架、布白、重心、大小、笔形、中宫……墨色是其中重要一环。印刷中要讲求墨色的鲜明和均匀，也就是版面的灰度匀称，一眼看过去并不是忽黑忽白、忽明忽暗的闪烁，而是一整片匀称的灰度色块，这将给阅读带来舒适流畅的体验。影响墨色匀称的因素众多，最为重要的就是处理好笔画粗细问题。在设计最初时就要根据设计意图确定合适的墨色比例、恰当的最高最低线幅、最优的字号使用范围，这是保证整套字体墨色匀称、恰当的基础。在设计中又需要按规律安排笔画的粗细变化，以实现单字内部、字与字之间笔画粗细的匀称。对成套的字库字体而言，最终的整体墨色表现是判断该套字体设计品质的主要指标。

传情达意：儿童图画书文字设计思与行

张浩（张昊）

张浩（张昊）

　　昊格汉字高定创意总监、SGDA 顾问 & 第十届主席、CIPS 汉字字形专委会委员、NY
ADC 会员，长期专注于汉字高定 & 品牌形象设计研究，致力于推动行业及产业发展，积极参
与设计教育，曾担任 GDC 30 年总策展、China TDC 总策展、深圳设计 40 年执行策展、*China
TDC* 联合主编、*APD* 文字卷编委、方正字体赛评委、白金创意奖评委、KTK 评委。

【摘要】图画书可以提升儿童阅读能力，促进儿童审美发展。近年来，我国儿童图画书得到了长足发展，但针对其文字设计的研究与实践并不充分。本文围绕儿童的特点与需求，从出版与设计实践出发，将图画书中的文字设计分为书名、图形文字、内文等类型，解读其作用之异同，并提出"传情达意"的设计主张，倡导每一类文字设计中，情感及审美感受与信息传递效率同样需要重视。本文以引进版童书中的文字设计为例，对其定制性的设计解决方案进行分析。

【关键词】儿童图画书；文字设计；定制设计；字体；文字与编排

一、研究背景

17 世纪，英国唯物主义哲学家约翰·洛克（John Locke，1632—1704）提出儿童是有独特需求和能力的人，法国启蒙思想家让 - 雅克·卢梭（Jean-Jacques Rousseau，1712—1778）倡导让儿童在适宜的游戏和探索活动中成长。在他们的影响下，童年带着独特的纯真和幼稚的特性，在人类历史上第一次与成年区别开来[1]。

儿童图画书（绘本、Picture book。本文引用文献中的"绘本"，可以认为和"图画书"概念相同）正是伴随着"儿童"观念的产生和发展而诞生的书籍，虽然图画书并不只有儿童才可以阅读，但是为"儿童"这个不同于成人的群体而创造的。美国图书馆协会将儿童图画书定义为"旨在为儿童提供视觉的体验……依靠一系列图画和文字的互动来呈现完整的故事情节、主题和思想"的书籍。[2] 可见图画书中的图文交织、互动是其重要特征。

英国女作家、画家毕翠克丝·波特（Beatrix Potter，1866—1943）的作品《比得兔的故事》（*The Tale of Peter Rabbit*，1902）被认为是现代意义的图画书的发端，至今已有 120 余年历史。中国内地现代意义上的原创图画书 2002 年才起步[3]，过去十几年发展速度惊人，优秀的作品与创作者也越来越多[4]。目前原创书（Original titles）出版的周期长、风险大，而引进（Foreign titles）图画书风险小、见效快，在目前市场销量和影响力上占绝对优势。

引进图画书出版是一个繁杂的工程，绝不是简单的重印。一方面编辑和印务需要考虑如何使之符合在地的文字语言、文化习俗、法律政策与印制条件等，另一方面设计师需要深度参与。麦克·巴内特（Mac Barnett，1982—　）

1　丹尼丝·I. 马图卡：《图画书宝典》，王志庚译，北京联合出版公司，2017，第 14 页。

2　同上书，第 5 页。

3　阿甲：《图画书小史》，江苏凤凰美术出版社，2021，第 198 页。

4　同上书，第 68 页。

起草的《图画书宣言》中第 13 点说："好的设计有助于阅读。"[5] 优秀的图画书有着较高的艺术设计水准，反映到平面设计方面就是文字、图形和色彩。但原著经过翻译后，书中文字与版式等都发生了改变，依照国内的受众阅读习惯与汉字编排要求，对引进版图画书做全新的文字设计尤为重要。总的来说，引进版图画书所面临的最大考验就是，如何在尊重在地情况的前提下，尽力地还原著作本身的风貌和内容。立足文字设计法则，达意兼顾传情方为上策。

所谓文字设计就是按照一定的视觉规律，对文字的造型或组合方式进行有目的的合理化编排。在儿童图画书中，设计师有着更广阔的创作空间，不仅可以使用现有字体排版，还可以创造字体，或者以文字为元素，将其融入图画中展开创意设计。本文将探讨儿童图画书中文字设计的作用与分类，分享引进童书出版中的相关思考与设计实践。

二、儿童图画书文字设计的作用和分类

（一）儿童图画书文字设计作用

孩提时代不应过早过多地被灌输知识，情感的、感性的东西对儿童才是最重要的[6]，图画书中的文字除了传递信息之外，还有更重要的传递情感和审美的功能。文字和图画都是图画书的主角，文字的设计如同主角的服化道，可以更好放大和彰显美和不同情绪。为此，在英国格林纳威大奖的评审中，格式（字体、字形、间距等）适当与否被视为重要的遴选标准。[7]

阅读是个人从文本、语言或符号中获取信息、增进理解力、认识世界的重要途径。儿童阅读更是儿童这个特殊群体认识、探索世界的重要手段。国内外相关研究都指出文字的结构形态对传递信息的效果有明显影响，在阅读的过程中一方面会产生不同的审美感受，另一方面也会影响阅读效率。[8]

儿童图画书文字设计种类丰富，各起着不同的作用，笔者将其概括为"传情"和"达意"。传情：情感传达、氛围营造、审美熏陶，不同的文字设计能带来不同的情感与审美感受。达意：传递信息、表现内容、识字习字，好的设计能提升阅读准确度和效率。

（二）儿童图画书文字设计分类

对于图画书内容中的图文关系，有各种各样的比喻：夫妻、舞伴、合奏

5　阿甲：《图画书小史》，江苏凤凰美术出版社，2021，第 232 页。

6　河合隼雄、松居直、柳田邦男：《绘本之力》，朱自强译，贵州人民出版社，2019，第 95 页。

7　孟亚楠：《儿童本位观与绘本设计研究》，北京服装学院，2013，第 33 页。

8　张丽娜、张学民、陈笑宇：《汉字字体类型与字体结构的易读性研究》，《人类工效学》，2014 年第 20 卷第 03 期，第 32 页。

的乐器、相乘的数字……这些比喻形象地阐释了文字和图画两者同样重要以及它们之间交融、互动的特征。由于两者关系紧密，在图画书的设计阶段，美术编辑、插画师和设计师需一起工作，共同考虑和确认图文的相互位置与穿插关系，这关系到整体的美感和文字的可读性。

识字量有限的儿童也能够感受到文字编排变化带来的不同视觉节奏，绘本中文字的自身造型和编排方式都可以"传情达意"。图画书的设计既要遵循一般书籍的设计规律，同时自身也要具有针对儿童的特殊性，图画书中的文字设计也有着自身的特点。按照出版规范，文本信息有较多类别，但笔者从自身的实践经验出发，按照设计特征将其大致分为四类，分别是书名、图形文字、内文、其他（献辞寄语、广告内容、书籍信息），其中前三类比较重要，以下分别做阐述。

（1）书名及编排

佩里·诺德曼（Perry Nodelman，1942—　）与梅维丝·雷默（Mavis Reimer，1954—　）在《儿童文学的乐趣》（*The Pleasures of Children's Literature*，2008）一书中说："在开始阅读一本书之前，封面是影响读者期待的最重要的因素。"[9]通常封面上最重要的几个构成元素就是书名、图画和色彩。

为了更好地理解书名文字设计的重要性，可以把每本图画书类比成一个独有的"品牌（Brand）"，那么书名就是品牌视觉识别中最核心的标志，封面就是这个品牌最好的推广海报。书名一方面作为文本需要清晰、准确地传递书籍的名称信息，另一方面更是作为"文字标志（Logotype）"呼应图画风格、彰显主题思想，与图画或遥相呼应，或水乳交融。

以下为四个示例：*How to Catch a Star* 书名采用现有字库，和图画风格十分契合，辅以字号变化和错落组合，放置于画面左下方，起到视觉平衡的作用（图1）；*malala's magic pencil* 书名为专门绘制，和图画交织融合（图2）；

图1　*How to Catch a Star*（2005）
封面
图2　*malala's magic pencil*（2017）
封面

图1

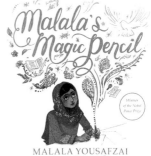

图2

9　彭懿：《世界图画书阅读与经典》，接力出版社，2011，第8页。

图3　*MUSTACHE BABY*（2003）封面

图4　*LITTLE GREEN peas*（2014）封面

图3

图4

MUSTACHE BABY 书名具有图文双重属性，成为封面视觉和创意的核心组成（图3）；*LITTLE GREEN peas* 书名更是从视觉面积上成了图画最主要的部分（图4）。

相当一部分的国内出版机构和设计师在引进的时候没有深刻认识甚至没有意识到书名的完整功能，往往只注意其作为文本传递信息的"达意"属性，而忽略了"传情"功能。

除了封面，书名作为一本书的品牌标志，还可能出现在书脊、腰封、护封、勒口、扉页等位置，需要精心和定制性设计，起到画龙点睛和全面展示书籍风貌、情趣和内容的作用。书名应该"传情"和"达意"并重，两者基本平衡。

（2）图形文字及编排

图画书内容中的文字图形化是常见的手法，这与儿童特点以及绘本阅读方式有着密切关系。这部分文字设计拥有非常自由的创作空间，往往变成有趣的图像符号，甚至通过造型、肌理、色彩、立体感等手法，引起读者视觉以外的听觉、嗅觉、味觉、触觉等通感联想。孩子也会对这些图画文字非常感兴趣。

文字呈现图形化的情况比较多样：第一种是图画中表现的事物本身带有文字，比如信函、地图标注、店铺名等，作者直接绘制在画面上，这时候字形不需要太夸张变形，合理地表现相应的场景或故事即可。值得注意的是，当涉及虚构的店铺等机构时，作者往往会用品牌文字标志的思考方式为其设计符合故事情节和图画风格的图形文字（图5）。第二种是为了表达强烈的情绪和冲击力，把一些词句（常见为拟声词）绘制出夸张的造型（图6）乃至立体感。第三种是独立成为图画的一个元素，参与故事甚至成为画面的主要部分（图7）。

图形文字兼有图文两者的特性，在书中有可能出现在任何位置，由插画师或设计师创作，起到丰富画面内容、放大故事情绪的作用。第一种图形文字"达意""传情"并重；第二和第三种情况以"传情"为主，兼顾"达意"。

图 5　*THE SWAP*（2013）内页

图 6　*It's NOT JUST a BLANKET！*（2015）内页

图 5

图 6

图 7　*LITTLE GREEN peas*（2014）内页

图 7

（3）内文与编排

图画书内文字量会比大多数书籍少，设计师有着更为自由的设计空间。当文字量很少时，设计师可用手绘或设计的方式来创作。当然通常情况下，我们无须为图画书的内文单独设计字体，而是选择已有字体进行编排。但其可选用类型较为丰富，无须局限在为大量阅读而设计的"正文阅读"型的字体上，标题字体甚至创意字体都可以被采用。需要指出的是，这并不意味着内文字体的选择不需要考虑阅读。随着儿童成长，识字能力增强，绘本的阅读方式也逐渐由父母老师讲述转变为独立阅读。过分扭曲、花哨、夸张的字体降低了阅读效率，容易使儿童的眼睛感到疲劳。总的来说，内文字体结构需要布白均匀，笔形上需要粗细变化小、字重适中、无衬线或衬线弱，整体均衡舒展。在这样的要求下，字体的个性被大大降低，但并不代表没有。我们通常会认为无衬线字体相对简约、稚拙、工业，衬线字体（宋体）相对丰富、成熟、人文，如果选用书写风格的字体，就会产生更多情感的变化。

通常，设计师会挑选字体造型、气质尽量匹配画风和故事的现有字体，将其放在图画主体周围位置或专门的空白页中横向排列，字体色彩与背景拉开距离，仿佛是静静流淌的轻音乐，娓娓道来（图8）；在需要强调或趣味性处理的内容上，或选择适当夸张的字体，或进行放大、加粗、颠倒、扭曲等设计处理（图9），或在字号、色彩、倾斜度、排列轨迹上做一些处理，增强与画面配合度和视觉感染力，仿佛跳跃的音符和律动的乐章（图10）。这样的处理承担图画的功能，更明确地传递情绪，这和图形文字第二种情况类似；内文也可能通过文字编排的手段组织成图形，这和图形文字第三种情况所起作用类似。

　　内文在书中主要伴随着故事出现，通常都是采用现有的字库，也可由插画师或设计师自己创作，起到传递文本信息、呼应故事内容的作用；小部分情况下也会进行图形化处理。内文通常以"达意"为主，兼顾"传情"。

图 8

图 8　*How to Catch a Star*（2005
内页

图 9

图 9　*Who's Afraid of The Big Ba
Book*（2002）内页

图 10

图 10　*DOWN BY THE COOL O
THE POOL*（2002）内页

（4）其他及编排

献辞寄语

献辞寄语是西方出版的习惯，虽然通常与故事及营销无关，但作为书籍的一部分，引进版中一般都会翻译保留。献辞寄语在书中常出现在扉页、版权页等位置，表达作者的感恩、缅怀、祝福或心情。常采用和内文风格一致的字体和编排方式，个别也有作者手写的，或与一些图画编排融合，其作用基本就是"达意"，部分情况兼有"传情"。

广告内容

图画书作为商品，会有一定的广告内容，比如奖项、推荐语、推荐人信息等。考虑儿童阅读感受，其设计应放置在不干扰故事发展的地方，比如腰封上。如果封底和故事内容关联度不大（有些图画书的故事是包含封面和封底的），也可以放置，需要和原画面整体考虑。广告内容一般出现在腰封、护封、勒口、封面、封底等处，往往要求信息突出，起到宣传推广作用，以促进购买。广告内容基本都是采用现有的字库，通常以"达意"为主。

书籍信息

图画书作为书籍，按照出版法规和销售习惯，书中有各类信息，比如出版信息、出版机构名称、上架建议、价格等，和故事内容没有必然联系。书籍信息在书中出现在封面、封底、版权页、扉页等位置，其编排大都中规中矩，字号不大但清晰可辨，起到揭示书籍基本情况的作用。书籍信息采用现有的字库，其作用就是"达意"。

这里用表格的方式把儿童图画书文字设计的几个类别以及分别的位置与作用做一个梳理（表1）。

表1：儿童图画书文字设计分类

前文编号	类型		传情达意 从上至下传情减弱，达意增强	作用	书中位置
（2）	图形文字	画面元素	传情为主，兼顾达意	图文兼顾	封面、书脊、腰封、护封、勒口、扉页等
		拟声词	传情为主，兼顾达意		
		信息揭示	传情达意并重		
（1）	书名		达意传情并重	文字标志	任何位置都有可能
（3）	内文		达意为主，兼顾传情	阅读	伴随故事
（4）	其他	献辞寄语	达意	致意	扉页、版权页等
		广告内容	达意	宣传	腰封、护封、勒口、封面、封底等
		书籍信息	达意	标注	封面、封底、版权页、扉页等

三、引进版儿童绘本文字设计实践

笔者多年来一直致力于平面设计、文字设计的实践、研究和策展，继而在 2018 年开始研究儿童阅读字体课题，并深度参与儿童图画书的出版与设计。优秀的外版图书引进出版时，传统的做法往往较多地关注图画、色彩和书籍装帧（纸张、工艺等）的还原效果，对书中文字设计的思考和重视不足，或基于成本用免费字体，或基于营销用粗壮字体，或基于个人审美用花哨夸张字体。究其原因有多方面，包括但不限于：大众审美素养有待提升、行业对设计重视及费用投入不够、适合图画书的优秀中文字库不足、多数出版机构设计能力有限以及现有政策的制约等。笔者基于过往设计经验，亲身投入其中，在"传情达意"的设计思考下，采用定制性设计策略，力求尊重在地文化，还原原书风采。相关创作，包括书名和图形文字（绘本中外文字体匹配）以及内文字体（儿童阅读汉字字体研究设计），都分别入选了包括第四届中国设计大展（国家文旅部主办）在内的专业展览。以下举例说明。

（一）书名及编排

图画书的书名类似品牌的文字标志，风格各异，大致工作流程和遇到的挑战也基本相同。首先是适配原版风格，设计中文书名的基本字形，如原书名不够美观或恰当，则优化设计；其次对比原书封面，在两者视觉元素数量和内容不尽相同的情况下，整体编排后尽量还原本来风貌，营造美感；再次，模拟原书的色彩、肌理等质感加以绘制；最后根据中文书名风格，拓展设计作者名、内文歌谣等其他重要信息。

（1）《面包国王》系列

《面包国王》系列是日本著名设计师江口里佳给孩子创作的第一套图画书，秉承了她一贯的"令人开心的"创作理念，系列书籍共有三本，讲述了面包国王令人爆笑的经历。故事中有各种好吃好玩的场景，王国中建筑、交通工具乃至人物都是面包做成的，内容天马行空，充满想象力，符合 0—6 岁儿童的认知和审美趣味。三本书的尺寸、造型、材质、图画都与吐司面包相似，造型独特、色彩柔和、画风温暖、设计考究。

由于图文作者江口里佳自身就是设计师和广告人，所以原日文书名的字形美观且有特点，和封面饱满、稚拙、亲和的插画和版式风格高度吻合。中文版抓住这些特点，从文字设计的角度分析并着手创作（图 11）：a. 融入较多的圆点、圆弧元素，吻合原书名特征，呼应插画和书籍造型中无处不在的弧度，令人联想到饱满蓬松的面包；b. 字面大小和外轮廓不作统一，大致统一笔画之间的布白，然后根据笔画的多少和位置决定字面和外轮廓，与儿童书写的稚拙感有相似之处；c. 横画和竖画互不平行，起笔和收笔角度不尽相同，不同笔画之间以及笔画自身粗细也刻意变化（大致遵循汉字基本审美并略作夸张：多个横笔画上细下粗，多个竖笔画左细右粗，包围结构内细外粗等），营造自然、轻松、活泼之感；d．内部空间的笔画做一些减细和断笔的处理，使内空间更加透气，也增加识别性（Legibility）；e．用同样手法拓展设计作者、译者信息，尽量保持封面上所有视觉元素风格统一；f．设计好字形轮廓后，色彩、肌理也按照原作重新绘制；g．基于出版规范，封面必须放置出版社标志名称和系列名称"面包国王"，多出来的这些元素会影响画面风貌，尽力放置在合适的位置，使之融入画面。

图11　《面包国王》（『パンのおうさま』，2020 年）系列原版与引进版封面对比

图11

（2）《打开这本书》

　　《打开这本书》是法国作者弗朗索瓦·哈诺泽（文）和格雷瓜尔·马比尔（图）合作的互动游戏书，适合 3—6 岁的孩子阅读。封面上魔法师尽力地撑开画面，是因为他遇到了即将被封印在书中的麻烦，急需阅读者的帮助，和他找到咒语并大声念出来，拯救魔法师。"魔法咒语"引导孩子一起参与阅读互动，在紧张又充满欢乐的氛围中体验书的魔力。

　　封面的英文选用了衬线体，但不同于常见工整端庄的样式，其字形略有扭曲歪斜，基线（Baseline）位置也上下波动，紧张而不失趣味，与夸张、窘迫、慌乱的人物和故事氛围不谋而合。从相同的字母造型完全一致可以看出，这应该是一套现有的电脑字库。根据横细竖粗和带衬线的特征，中文很容易对应到宋体，但宋体脱胎于刻本字体，有较多的东方传统意蕴。为了呼应故事和原书名，中文版参考宋体基本特征，融合西文造型，进行了中西合璧的全新演绎（图12）：a．保留横细竖粗特征，略加强横竖笔画，增强识别性；b．竖画和横画互不平行，竖笔的起笔和收笔角度各不相同，营造慌乱之感；c．撇捺等斜方向笔画尽量归纳成横竖方向，整体视觉感受和西文单词靠近；d．点画尽量缩成圆点，竖画借鉴字母垂直笔画造型，横画末端和折笔画的衬线去除，笔画转折和钩借鉴字母的平滑造型；e. 字面采用长方形，更符合主角高挑夸张的造型；f. 五个字的横笔画方向起到了视觉引导的作用，重心也做了高低错落，模拟原字母基线波动形成的韵律感；g. 汉字和感叹号的整体组合方式参考原书名，如果考虑饱满的感觉，字面应该更宽阔，但基于 e 的思考，还是保持长方。

图12

图 12 《打开这本书》(*Unlock This Book！*, 2020) 原版与引进版封面对比

（3）《驼鹿与布朗先生的冒险之旅》

《驼鹿与布朗先生的冒险之旅》是著名时尚设计师保罗·史密斯（Paul Smith）首次跨界撰写的儿童图画书，由插画家山姆·阿瑟（Sam Usher）配图。主角是一名时尚设计师，在环球旅行帮助驼鹿慕斯寻找其双胞胎兄弟的过程中，为各种动物设计服饰并最终在服装发布会上圆梦。这是一场轻松有趣的大冒险，充满了时尚文化和设计创意的魅力。

令人非常惊讶的是，原版的书名直接采用 Helvetica 粗体，虽然这款字体非常经典，在西方世界被广泛使用，但 Helvetica 被认为是现代主义设计理念的典范，设计目的就是不带有其他含义的中性（Neutral）。从实际效果来看，这款字体与轻松趣致、充满想象力的故事风格和人物造型格格不入。中文版为了更好地营造氛围，挣脱西文束缚，全新设计书名（图13）：a. 横竖粗细之对比介于黑体和宋体之间，在时尚感和人文感之间做一个平衡；b. 所有笔画转折处采用小弧度圆转，在挺拔感和亲和感之间做一个平衡；c. 所有点、撇、捺、钩、提的末端都采用钝圆收笔，钩造型也改为圆弧，模拟书中人物浑圆饱满的造型特征；d. 整体版式根据中国的出版要求增加了元素并做调整，主标题位置比原版明显提高，更符合封面角色的视线引导，也让封面版式整体重心上移，营造高挑、时尚的感觉。

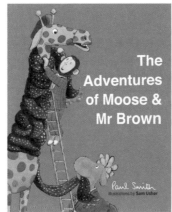

图 13 《驼鹿与布朗先生的冒险之旅》(*The Adventures of Moose & Mr Brown*，2020）原版与引进版封面对比

图 13

（4）《给孩子的食物简史》

《给孩子的食物简史》由两位波兰作者合作而成，MAŁGORZATA KUR 玛格丽特·库尔撰文，MAŁGORZATA KWAPIŃSKA 玛格丽特·夸平斯基（绘）。该书追溯面包、蔬菜、谷物、奶酪等近 100 种食物的起源，体验世界各地丰富的饮食文化，感受人类历史的变迁。这是一本图文并茂、富于美感的科普读物，6—8 岁儿童适读。

插画师夸平斯基有平面设计工作经验，所以书籍整体版式大方，插画简约优美。内页左方都有一条深色色块，模拟近代西方超市黑板的色彩和肌理，上面的插画和文字采用了粉笔效果。同样的设计理念用到了封面上，黑板作为底图，许多食物围绕着中间的文字和图形，皆采用粉笔插画风格。除了中间的单词，周围字体采用了手写风格。引进版的书名设计和封面整体文字编排具有挑战性〔图 14〕：a. "给孩子的"几个字并没有直接采用粉笔书写汉字的造型方式，而是在汉字书写习惯的基础上，模拟西文连笔和曲线设计而成；b. 原书

图 14 《给孩子的食物简史》(*Zjeść głowę CUKRU*，2020）原版与引进版封面对比

图 14

上的 CUKRU 属于平头软笔的手绘招牌风格（Sign painting letters），"食物简史"四字参考其风格，创造性地在粗宋风格基础上融合软笔书写的感觉；c. 原书下方的字体是直立的（Upright）连笔书写风格，考虑识别性以及与其他中文的匹配度，引进版使用了汉仪润圆系列字体，比常见的宋体更加圆润亲和；d. 原版书名采用多种手写风格，从风格的适配性考虑，中文似乎应采用书法类字体，但传统书法会给人浓厚的东方传统风韵，与书籍图画与故事并不匹配，所以采用了更具有现代风格的手写感字形；e. 特别说明的是，原版多种书名字体的竖画都是倾斜的，读者会不自觉地歪头去看，而且倾斜度各不相同，视觉上有些凌乱，中文书名的几种字形，都将竖画方向调整为垂直，横画的倾斜度调整为平行，视觉逻辑更统一。

（二）图形文字及编排

　　图形文字在书中随处可见，严格来说，其设计难度没有书名那么大，但因其往往和图画杂糅在一起，字形设计完成后，其手工绘制融入画面的工作量很大。大致工作流程和书名类似。

（1）《超级兔子》

　　《超级兔子》和《超级乌龟》两本为一个系列，图文都由韩国的俞雪花女士创作。两本分别描绘了大家耳熟能详的"龟兔赛跑"故事之后，乌龟和兔子经历的心路历程。乌龟在冠军的光环下疯狂训练，而兔子自尊受损、封闭自我，最终大家终于调整好心态，正视自己的能力，享受各自的人生。这是一套在内卷的世界中缓解孩子焦虑、让孩子们安心做自己的图画书。

　　本书的作者俞雪花在书中大量采用图形文字手法，且风格各异，笔者坚持不用电脑字体，全部适配性地定制设计完成并交由插画团队绘制后融入画面。本套书中文设计量达到 1000 多个字符，这里选取部分页面做一介绍：

　　a. 布莱梅乐队演唱会这个场景中作者使用的手绘韩文，是本系列中出镜频率较高的一种风格，结构自由轻松，笔画呈现弧度，笔形中间宽厚、末端

图15

图 15　《超级兔子》（《슈퍼 토끼》 2021）原版与引进版内页对比 1

带有尖头，在画面中也往往带有透视或呈放射状，与图画一起，引起读者视觉以外的通感联想，仿佛能听到欢快的音乐，感受到迎面的气浪。中文基本遵循原文的风格和图画肌理效果，值得一提的是，因为中文笔画相比韩文更多，为了减少大量笔画两端尖头带来的凌乱感，很多地方参考篆隶字形做了简省或连笔处理，比如"梅"的"母"、"到"的"刂"、"跑"的"止"等（图 15）。

　　b. 作者在某些场景采用了立体的手法，加强"传情达意"的力量感。中文的设计可不仅仅是做一个立体厚度这么简单，而是要根据原文的砖块结构风格来设计中文的字形，然后再绘制肌理（图 16）。

图 16　《超级兔子》原版与引进版内
页对比 2

图 16

（2）《面包国王》

　　《面包国王》的故事中多次提及面包王国内的不同店铺，作者用面包形态的笔画组成了店铺的名称，这部分图形文字轻松、温暖、美观，也符合"王国内所有东西都是面包做成的"这一情节。中文设计的时候予以充分考虑：

　　a. 在字体结构和笔画上，和原作一样模拟面包烘焙后的效果；

　　b. 进一步从品牌文字标志的角度思考，中文字形设计融入了画面中椅背、柜身、柜腿等形态（图 17）。其他的鞋子、宠物等店铺也运用了同样的设计思路。

图 17　《面包国王》原版与引进版内
页对比

图 17

（三）正文及编排

一般来说，设计师都是选用现有的字库进行内文编排，但适合儿童阅读的中文字体比较匮乏。近年来，国家、字库公司、院校和设计师都非常关注此话题，方正字库也组织过"教科书体"专项竞赛。笔者借竞赛获奖的契机开始深度研究这个课题，于 2018—2020 年在澳门科技大学硕士学习期间完成"儿童阅读汉字字体的研究与设计"，目前低年级所有字重开发完成，并应用到部分书籍中（图 18）。

图 18

图 18　方正天诺童楷低年级字体应
用效果——《面包国王与王后》（〈パ
ンのおうさまとおきさきさま〉，2020
内页

童楷家族作为专为儿童阅读所打造的字体，其以问题为目标，以研究为方法，以设计为手段。字体结合楷体和黑体的设计特征和阅读体验，平衡阅读效率、汉字审美与传承、规范用字等多方面要素进行字形设计。楷体特征的融

图 19

图 19　儿童阅读字体——方正天诺
楷家族设计分析坐标系及字样

入有利于汉字审美、文化传承和规范书写，易读性（Readability）较好；黑体特征的融入有利于提升识别性（Legibility）。打造变化丰富、风格统一的家族字体共 18 款。童楷家族字体符合儿童各学龄期各阶段认知习惯，有助于提升阅读效率，呵护儿童视力和健康成长（图 19）。

　　笔者参与开发的图画书，正文部分还用到了悠黑、旗黑、圆体、中宋、家书体等优质的阅读字体，标题部分则根据不同的风格和故事，有丰富的选择。在部分书的内文中，重要的内容也会进行定制性设计。比如《打开这本书》中的"魔法咒语"作为核心故事线索贯穿始终，其文字设计就是在书名风格的基础上拓展而成的，而且参照中国书法的审美，相同的字也根据整体编排做出不同的设计变化（图 20）。

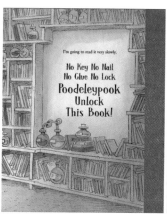

图 20　《打开这本书》原版与引进版内页对比

图 20

（四）其他及编排

　　图画书文字设计其他类中包括献辞寄语、广告内容和书籍信息，和前三类相比，这类设计难度相对较低，有很多的文章介绍其设计方法，本文不做展开。

四、思考与展望

　　儿童不仅是家庭的未来，更是民族和国家的未来，其发展质量关乎民族与国家的命运。图画书，应该是孩子人生的第一本书，优秀的图画书可以提升儿童的阅读能力，促进儿童的审美发展，其传情达意的重要性不言而喻。中国儿童图画书市场巨大，但对比世界一流水准，我们任重道远。木桶的任何一块短板都会限制其整体水准，当前童书中文字设计相关的研究和实践还有很大的提升空间。

　　问题的解决并非朝夕之事，与其振臂一呼，不如躬身入局。除了亲自完成力所能及的童书项目设计，笔者也在探索儿童出版机构和字库公司机构良性合作的模式：1. 争取字库的字体授权优惠用于童书；2. 合作机构的品牌在书中露出；3. 以童书及相关 IP 为核心，与多方开发文创产品；4. 为童书创作的优秀字体可以合作开发完整字库，填补空白，从而更好地服务于儿童和市场，实现良性循环（天诺童楷等字体已和方正字库合作开发）。本文结合儿童图画书文字设计的思与行略做探讨，以抛砖引玉。希望未来中文字库愈加繁荣，不仅数量充足、类型丰富，而且设计优秀、价格适中；也希望每一套儿童图画书，都有更精准和优秀的定制性文字设计。

以美化童、以艺通心，传情达意、浸润童心。

《辞海》正文字体设计的嬗变

王金磊

王金磊

　　设计学博士，河南大学美术学院副教授、硕士生导师，河南省包装技术协会专家委员会委员。多篇论文被 CSSCI 源刊收录，在北京国际设计周、上海美术大展、深圳国际海报节、靳埭强设计奖等活动中均有设计作品参展及获奖。

【摘要】《辞海》至今已经发行了七版，它是中国版本更新最多且最规律的大型辞书。伴随着近一个世纪的版本发展变迁，人们可以清晰地看到其正文宋体字的变化和发展。本文通过对其不同版本正文宋体字的研究，探讨辞书正文字体设计的特征和规律。笔者在搜集相关史料、访谈当事人的基础上，对《辞海》不同版本的正文宋体字进行了梳理和分析，可以使人们清晰地看到《辞海》正文字体逐渐脱离日本汉字字体设计的影响并最终呈现出独立发展的特征。

【关键词】《辞海》；正文字体；宋体字；字体设计

《辞海》第一版于 1915 年开始编纂，在 1936 年由中华书局正式发行，从其编纂至今已有百余年的历史，是中国影响最大的综合性辞书之一。从《辞海》的不同版本人们可以看到近百年来中国文字制作技术从手刻到机刻、从照排到电脑制作的发展历程。针对《辞海》不同版本而设计的专属字体[1]不断更迭演进，这在中国出版界和设计界都为少见。从《辞海》第二版开始，其正文用字（原型）均由上海印刷技术研究所设计，蕴含了数代字模师和字体设计师的辛劳付出。《辞海》第二版正文使用的宋一体是新中国成立之后，从国家层面重视革新印刷字体的重要成果之一，同时在进行《辞海》正文字体设计过程中所积累的设计理论和方法，对中国现代印刷字体设计具有奠基意义。本文重点关注《辞海》正文宋体字的发展变化及其设计方法和规律（表 1），探讨《辞海》正文用字与社会、技术、审美等诸因素之间的微妙关系，以期管窥一个世纪以来中国汉字印刷字体设计的变迁。

表 1：《辞海》七个版本的正文宋体字一览

版本	出版年份	字体名称	内文局部字样	单字	设计/开发机构	备注
第一版	1936	新五号字	更宥切，音 高飞见 之则亦爲 飂飂《莊子》	16 000 多个	中华书局	—
第二版	1965	宋一体	点与压强的大小把水在标准大气摄氏零度(0℃)。	13 587	上海印刷技术研究所	—
第三版	1979		牛首，故名。相阙，故又名天阙L头。"南宋建炎四	14 872	上海印刷技术研究所	—
第四版	1989		淡红、红、黄、蓝、枚；子房下位，三大呈花瓣状或分	16 534	上海印刷技术研究所	—

1　《辞海》第二、三、四、五、七版的字体是专门针对《辞海》而设计的。

表1：《辞海》七个版本的正文宋体字一览　　　　　续表

版本	出版年份	字体名称	内文局部字样	单字	设计/开发机构	备注
第五版	1999	辞典宋	南来,此山突出江三山为其西南江阝凰台)诗:"三山半	17 674	上海印刷技术研究所	附繁体字和异体字1811个。
第六版	2009	方正书宋	越大发病率越高表现为逐渐加重特效治疗手段。	17 914	方正字库	附繁体字和异体字4400余个。方正书宋的原型"宋二体"由上海印刷技术研究所设计。
第七版	2019	新辞海宋	丸俞冠利娣鲨熨我参原回阵弛意	18 528	上海印刷技术研究所	字库标准按GB18030－2000来创写和编码。

一、1965 年之前的《辞海》正文字体

（一）1936 年之前的中华书局字体设计概况

　　19 至 20 世纪，中国的印刷出版业是深受西方印刷技术影响的，其中的铅字字体也带有海外的烙印，我们可以从很多文献中看到这种现象。中华书局成立之初，就拥有自己的字模车间和字模师，《中华书局三年纪略》中如此描述："本局所用及出售之铜模铅字，均系自制，精美耐用。"[2] 在中华书局于 1919年扩充"聚珍仿宋体"[3] 之前，我们从中华书局的字体样张中可以看到，中华书局可用于印刷的成套铅字仅有老宋体（图 1），其中的"华文字"样张中有 5 种字号的宋体。

图1

图 1　中华书局 1915 年的"华文字样张（来源:《中华书局三年纪略》）

2　中华书局:《中华书局三年纪略》，中华书局，1915，第 9 页。

3　企虞:《中华书局大事纪要》，载张静庐辑注《中国近现代出版史料补编 6》，上海书店出版社，2003，第 566 页。

　　当时中国出版印刷用的宋体字深受日本汉字字体的影响。《申报月刊》于1932 年 7 月 15 日刊登了陆费逵的《六十年来中国之出版业与印刷业》一文，其中谈道："筑地式约于四十年前传入我国，现在我国通行者，大概是就筑地式改良的。"[4] 姚竹天[5] 在《谈制造活字铜模》一文中如此描述："距今七八十年，欧洲传教士为印教会书籍，由香港教会制成四号字大小之中国字一付，时称香港字。其后，日本仿制，成大小七种，以供中国印书之用，谓之明朝字（即老宋体），用者便之。随后吾国亦均能自行刻制。"[6] 何步云在《中国活字小史》中也谈道："解放前，宋体、黑体字模是向日本购进翻制。"[7] 商务印书馆在 20 世纪初期的宋体字、黑体字（当时称"方头体"）及少数印刷用特殊符号均为日本字体的改刻[8]。

（二）《辞海》的新五号字

　　中华书局于 1936 年印制第一版《辞海》的正文字体正是在这种日本筑地体影响的背景下产生的。排印《辞海》时，中华书局已经搬至上海市澳门路，"总厂有大小印机二百余架，职工二千余人，各种印刷设备完全，不但为国内第一，即国外亦鲜有如此完备者。"[9]。

　　排印《辞海》正文使用的是"新五号字"。"大本不欲其多占篇幅，故用新五号字；缩本欲其免伤目力，故字体约等于六号字；每面字数约二千。"[10] "'新五号字'者，形式与普通铅字相同而略小，与西文字母大小相同，中西合璧之书，尤为便利。"[11] 从陆费逵叙述的日期可以估计，"新五号字"在 20 世纪 30 年代前后出现，与 1916 年中华书局出版的《中华大字典》内文用字比较来看（图 2），新五号字竖笔画更细一些，比老宋体更具识别性，同时竖排的单列为 17 个字，较《中华大字典》每列多出 4 个字，"新五号字"在单位面积内能承载更多的信息，同时标点符号也进一步缩小，使得版面显得通透。"新五号字"除了在《辞海》中运用之外，在中华书局出版的其他书籍中

4　陆费逵：《六十年来中国之出版业与印刷业》，《申报月刊》1932 年 7 月 15 日第一卷第一号。此处的"四十年前"是十九世纪末期。

5　姚竹天在民国时期曾创制新宋铜模，曾在中华书局印刷所仿宋版课任课长，后创办竹天新宋铜模铸字所。

6　姚竹天：《谈制造活字铜模》，《艺文印刷月刊》1937 年第一卷第九期，第 17 页。

7　何步云：《中国印刷小史》，载上海新四军历史研究会印刷钞分会《印刷活字源流——中国印刷史料选集之二》，印刷工业出版社，1990，第 86 页。

8　孙明远：《商务印书馆的金属活字字体开发活动及其历史贡献》，《新西部》（理论版），2016 年第 07 期，第 92—95 页。

9　中华书局：《中华书局有限公司概况》，中华书局，1935 年前后。

10　陆费逵：《编印缘起》，载舒新城等《辞海》，中华书局，1936。

11　陆费逵著，文明国编：《陆费逵自述》，安徽文艺出版社，2013，第 44 页。

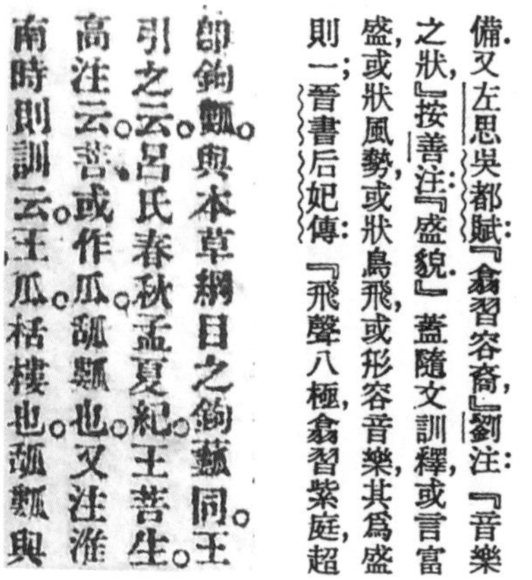

備.又左思吳都賦『翁智容裔』劉注：『音樂之狀』按善注『盛貌』，蓋隨文訓釋，或言富盛；或狀風勢，或狀鳥飛，或形容音樂其爲盛則一『晉書后妃傳』『飛聲八極翁智紫庭超

即鈞瓟與本草綱目之鈞藤同。王引之云：呂氏春秋孟夏紀王菩生。又注高注云：菩或作瓜瓟也。又注淮南時則訓云：王瓜栝樓也。瓟瓟與

《中华大字典》内文局部（1916）　　《辞海》内文局部（1936）　　图 2

图 2　《中华大字典》（1916）和《辞海》（1936）内文局部

也可以看到，如在《音注白乐天柳州韦苏州诗》《古文读本》等书籍正文中用作引文用字。此外，"《申报》《新闻报》都有新五号字铜模" [12]。中华书局于 1947 年曾出版《辞海》合订本。此合订本的字体并未改变，仅仅是以剪贴代替排字，只订正错字，对于词目不做增删，释文亦不做改动。[13]

（三）繁简过度时期的正文字体

新中国成立之后的简化字改革，国家陆续推出四批《简化汉字表》和《异体字整理表》，1961 年发行的《辞海》试行本就是处于简化字改革过程中的反映，基于技术条件的限制，其中繁简体不统一是当时的客观反应，在《辞海》试行本的《凡例》中如此描述："因限于目前的铜模设备，……而且简化范围也只限于单字词目，在复词词目和释文中一时均无法顾及，待正式出版时再行统一。" [14] "从新中国成立到 1960 年，我国的印刷字体沿用解放前的铜模铅字，印刷厂刻字师傅们对缺损活字修修补补，字形陈旧杂乱。" [15] 这个时期印刷品表现出新旧字形混用的状态，《辞海》试行本就是一个典型的例子。

《辞海》试行本的字体在很大程度上沿用了 1936 版《辞海》的字体，可能是中华印刷厂负责印刷 [16] 的缘故，"新五号字" 陆续使用了 30 余年，我们从很多的字形比较中可以看出这种一致性（图 3）。正文用宋体字发展的缓慢不

12　中华书局：《回忆中华书局》，中华书局，1987，第 165 页。

13　同上。

14　中华书局辞海编辑所：《辞海》试行本，中华书局，1961，"凡例"第 1 页。

15　徐学成：《徐学成文集》，上海印刷技术研究所，2015，第 46 页。

16　《辞海》试行本由中华书局印刷所印刷。

图3 《辞海》(1936) 和《辞海》试
行本 (1961) 正文字体比较，多数字
显出高度一致性，其中的 " 东、为 "
有繁简差异，" 又、文、见 " 没有简化
(笔者整理)。

| 《辞海》内文字 (1936) | 人 大 又 天 文 本 王 今 之 云 五 曰 字 也 中 其 見 東 爲 名 古 |
| 《辞海》试行本内文字 (1961) | 人 大 又 天 文 本 王 今 之 云 五 曰 字 也 中 其 見 东 为 名 古 |

图 3

仅表现在中华书局出版的刊物上，在当时上海最大的铸字所——华丰印刷铸字
所所印制的书籍中也有所体现 [17]。

二、1965 年之后的《辞海》正文字体

（一）"宋一体" 时期

1965 年《辞海》(未定稿) 是简化字改革之后的全新版本，即第二版。
其 " 凡例 " 中说明：" 本书所采用字体以中国文字改革委员会编印的《简化字
总表》、中华人民共和国文化部和中国文字改革委员会联合发布的《第一批异
体字整理表》为准。……本书所用字形，以中华人民共和国文化部、中国文
字改革委员会印的《印刷通用汉字字形表》为准。" [18]《辞海》试行本出版的
同时，上海印刷技术研究所于 1960 年成立了字体研究室，专门从事印刷字体
的设计研究工作，其设计开发的第一套字体 " 宋一体 "，就是针对《辞海》而
设计的。

" 宋一体 " 是根据 " 整旧 " [19] 原则选用了《人民日报》的 " 秀英体 " 为蓝
本 [20]。主持设计 " 宋一体 " 的设计师钱惠明谈道：" 整宋一号 [21] 系采用《人民
日报》的五号字加工整理的，《人民日报》五号字的特点是：线条纤细，字体
秀丽，整体性较为匀称。缺点是：结构松散，单字看起来并不美观。因此，我
们决定在整修时，要尽量保持原体优点，只在结构上做些适当修改，在照顾整
体关系的前提下，对每个字的个性进行了一定程度不同的调整。比起原字体
来，除稍改纤细之外（因排《辞海》用），结构也稍微紧凑了些，似比现用较
为饱满，整宋一号更大的特点是：在笔形上做了重大的改革，尽可能地使印

17　华丰印刷铸字所于 1933 年印制的《字辨》正文字体在 1957 年出版的《各种中文铅字样本》中还
在沿用，这款华丰五号老宋体和中华书局于 1916 年发行的《中华大字典》中的正文字体非常接近，
可见这款受日本筑地体影响的老宋体在中国持续使用了近半个世纪的时间。

18　辞海编辑委员会：《辞海》(未定稿)，中华书局辞海编辑所，1965，" 凡例 " 第 1 页。

19　1960 年 10 月，文化部发出《请组织有关部门改进和创造新的印刷字体》的通知，明确提出 " 整旧
与创新并举，目前以整旧为主 " 的字体设计方针，这是我国第一次站在国家文化出版事业的高度对印刷
字体提出的建议。

20　徐学成：《徐学成文集》，上海印刷技术研究所，2015，第 47 页。

21　" 宋一体 " 在当时又称为 " 整宋一号 "。

刷体与书写体统一起来。"[22]1965 年，文化部和文字改革委员会发布了《印刷通用汉字字形表》，其正文中使用的就是"宋一体"，可见"宋一体"此时已经作为标准字形影响到了全国范围。《印刷通用汉字字形表》整理字形的标准是：同一个宋体字有不同笔画和不同结构的，选择一个便于辨认、便于书写的形体；同一个字宋体和手写楷书笔画结构不同的，宋体尽可能接近手写楷书；不完全根据文字学的传统[23]。这种标准在《辞海》试行本的"凡例"中就有谈及：凡字形印刷体与手写体不同的，计算笔画和确定起笔笔形，都根据手写体形式处理[24]，这也是"宋一体"设计的原则之一。

简化字推广初期，由于简化字结构的特殊性，刻字师傅极难刻好，造成版面灰度不匀，这也是导致中国在 1959 年莱比锡国际书籍展览会中的字体设计类别"铩羽而归"[25]的主要原因之一。20 世纪五六十年代，中国陆续从日本引进本顿雕刻机供京沪两地使用，并邀请日本技师到北京新华字模厂教授刻模技术，开始了我国刻制字模技术的革命[26]。为了配合字模雕刻技术，需要进行字稿的设计（图 4），这与之前直接在铅坯上手工刻字的方法相比，大大提高了速度和质量。上海印刷技术研究所为配合机刻字模技术，成立字体研究室进行活字字体设计研究工作，开始从"整旧"出发，在学习探索的基础上完成了"宋一体"的设计。他们分别从笔调处理、粗细、结构、错觉、偏旁套用等几个角度进行了深入的分析和完善，这些因素在中国之前的活字制作中是很少探讨和注意到的，"宋一体"对旧字体的改进和设计详见表 2。

图 4

图 4 "宋一体"原字稿（上海印刷技术研究所藏）

22 钱惠明：《整宋一号体设计体会》，载上海印刷技术研究所《印刷活字研究参考资料》，上海印刷技术研究所内部重印，2011，第 271 页。

23 中华人民共和国文化部：《印刷通用汉字字形表》，文字改革出版社，1964，"说明"第 1 页。

24 中华书局辞海编辑所：《辞海》试行本，中华书局，1961，"凡例"第 1 页。

25 在 1959 年举行的莱比锡国际书籍艺术展览会上，我国参展的画册印刷、书籍装帧设计及插图等均获得多个奖项。唯独书籍印刷字体评价很差，横排字行高低不齐，竖排字歪歪扭扭，且同一版面灰度不均，与其他国家书籍相比差距很大。

26 何步云：《中国印刷小史》，载上海新四军历史研究会印刷钞分会《印刷活字源流——中国印刷史料选集之二》，印刷工业出版社，1990，第 81 页。

表 2 :"宋一体"设计说明表 [27]

调整因素		字样 / 原字稿		说明
		《人民日报》体 [28]	宋一体	
笔调调整	点	言 方 集 益	言 方 佳 益	"点"是在汉字中出现较多的一种笔形。之前字形中用"横""竖""撇""捺"等形式代替"点",字体的平衡很好处理,简化之后的字,"点"改为手写形式的侧点。
	撇	大 反 力	大 反 力	"撇"是构成汉字的重要笔画之一,比较能表现一种字体的风格,宋一体的"直撇"(丿)弯势较小、力求饱满,"平撇"挺而有力,"长撇"婉转活泼。
	捺	又	又	"捺"多数情况下和"撇"一起出现,"宋一体"的"捺"强调与"撇"的对称,要求柔和而又富弹性。
	钩	以	以	之前的宋体的"搭钩"写成两笔,"宋一体"处理为一笔,在转角处做一个"顿角"处理。

27　本表根据钱惠明的《整宋一号设计体会》一文整理。

28　文字从 1960 年 12 月 2 日的《人民日报》中扫描整理。

表 2："宋一体"设计说明表　　　　　续表

调整因素		字样 / 原字稿	说明
		《人民日报》体　　宋一体	
粗细		剛卬嶇醺 峰與厥楓 驊鐮釀囊	"宋一体"笔画较原体稍细，比老宋体要细很多。设计过程中根据字的稠密程度进行了横竖笔画的分档。横画分为三种粗细，但是竖画就稍微复杂，按照三种原则来分档：1.根据并列的竖笔画多少，如"剛""嶇"等；2.根据竖画之间的距离疏密，如"峰""與"等；3.根据横竖画交叉情况及整个字笔画之多少，如"驊""囊"等。
结构	字形大小	国回 辛今小章 心勺	控制字形大小主要从外部轮廓和内部笔画疏密两个方面来控制：方形字容易见大，如"国""回"等，菱形字容易见小，如"今""辛""小""章"等。有些字外形轮廓虽然并不撑得很足，四周亦有一定空隙，但内部空间很大，在整体中容易显大，如"心""勺"等。这需要收紧字身，压缩内部空间。
	重心	阿除 又下上 母勿乙	重心不稳定完全是由结构不好所造成的，某些字在直排时偏左或偏右，如"阿""除""划"等，某些字在横排时偏高或偏低，如"又""下""上"等，"宋一体"在调整时尽量伸展虚的一面的笔画，收紧饱满一面的笔画。对于一些因线条形状而引起重心不稳的字，如"母""勿""乙"等，尽可能调整笔画长短或倾斜度，使之稳定。

表 2：" 宋一体 " 设计说明表　　　　　续表

调整因素		字样 / 原字稿		说明
		《人民日报》体	宋一体	
结构	空隙	问题稿	终稿	在设计时，既要照顾偏旁的规范化，拆开时立得直；又要照顾单字的完整性和空隙均匀。内白与字距尽可能接近字距的白度，不宜过多地超过内白。不论字距与内白，左右应该基本平均。
		拳 鲹 撤	拳 鲹 撤	
	个性	口日曰		照顾字的传统视觉习惯，如 " 口 " 字不宜过大， " 日 " 字不宜过宽， " 曰 " 字不宜过窄等。
错觉	竖	同陈		实际设计某一些字的时候，由于横竖笔画线条的组合和顿头、笔锋等装饰性特征出现后，会出现视觉上的不平稳，有倾斜感觉，就需要对笔画进行局部的调整，使之视觉平稳。如类似 " 同 " 字左边竖画和右边竖钩有一定程度的向外侧倾斜，来增加字的稳定性。同样的处理方式也体现在类似 " 陈 "" 什 " 等字的左边竖画，类似 " 中 "" 干 " 等字的中部竖画，类似 " 训 "" 利 " 等字的右部竖画。
		中干		
		訓利		
	横	买九		对于横画，在 " 宋一体 " 设计的时候多出现左轻右重的问题。如 " 买 " 字设计的时候稍微增高了第一笔的横钩右上部的起角， " 九 " 字则把横画设计向上倾斜一些。

在"宋一体"的设计过程中，上海印刷技术研究所字体研究室在参考日本印刷字体设计相关理论和方法基础上，结合中国书法传统以及简化字的特征，对字形以及阅读体验等做了研究，使得"宋一体"呈现出大小基本一致、粗细均匀、字形饱满、结构匀称、笔调挺秀的效果[29]。虽然还存在着一些不足[30]，但相较之前的老宋体来说有了全新的改观，此后的 1979 版、1989 版《辞海》均采用"宋一体"作为正文字体。

（二）以"宋二体"为蓝本时期

1999 版《辞海》正文的用字没有延续之前的"宋一体"，而是使用了"辞典宋"，不仅是为了改变原来的阅读面貌[31]，也和当时上海印刷技术研究所竞标成功有关。当时有数家公司参与了 1999 版《辞海》电脑排版项目的竞标，上海印刷技术研究所有着 20 余年在中文电脑排版系统上研究开发的成果和积累[32]，不仅表现在排版技术上，同时还表现在字体质量上[33]："辞典宋"是在"宋二体"[34]的基础上进行设计的。此外，"辞典宋"进行电脑字库化的开发比"宋一体"进行数字化的时间早[35]，这可能是 1999 版《辞海》没有延续使用"宋一体"的原因之一。

"宋二体"是上海印刷技术研究所在 1964 年针对排印《毛泽东选集》横排本而设计的，如果说"宋一体"还有一部分"秀英体"影子的话，那么"宋二体"就是在中国传统木刻字体基础上设计而来的。其字形方正饱满，笔形挺拔秀逸，具有木刻版本刀刻风味[36]。"辞典宋"由谢培元主持设计，在"宋二体"基础上改写[37]：横笔加粗、竖笔减细，字面略微放大[38]。2009 版《辞

29　钱惠明：《整宋一号体设计体会》，载上海印刷技术研究所《印刷活字研究参考资料》，上海印刷技术研究所内部重印，2011，第 271 页。

30　钱惠明在《整宋一号设计体会》一文中提道：（宋一体）有部分字设计得不够好，往往有强调了其一笔的精神，过分收紧了字身，成为瑕疵。

31　原上海印刷技术研究所字体设计师吴振平在接受笔者采访时谈到，为了改变《辞海》的阅读面貌，使用了新的字体。

32　周君祖：《磨剑二十载一朝闯雄关——记上海印刷技术研究所为九九版《辞海》彩色本印前制作攻关》，《印刷杂志》1999 年第 10 期，第 2—4 页。

33　根据参与 1999 版《辞海》排版的印刷技术研究所下属的杰申电脑排版公司的沈康年描述，上海印刷技术研究所下属伊卡罗丝公司解决了 1999 版《辞海》中含有、而 GBK 字集中不包含的 3000 多个生僻字的问题。

34　"宋二体"又分为"宋二细"和"宋二粗"，上海印刷技术研究所字体研究室在 1964 年 12 月完成了 9000 多字的"宋二体"设计，后在上级批示的意见下，又在原字稿基础上进行了加粗，就成了"宋二粗"体，"宋二细"体仅保留有复印稿，"辞典宋"是在"宋二粗"的基础上设计的。

35　2010 年，上海印刷技术研究所的"经典正文字宋一体大字符集字形库"通过验收。

36　徐学成：《徐学成文集》，上海印刷技术研究所，2015，第 48 页。

37　吴振平访谈，访谈日期：2019 年 3 月 14 日，微信访谈。

38　沈康年访谈，访谈日期：2019 年 4 月 4 日下午，于沈康年家中。

海》正文使用的是"方正书宋"，源自"宋二体"[39]（图5）。我们通过图6可看到"方正书宋"和"宋二体"的细微差别："方正书宋"在笔端做了概括的处理，多用直线，"宋二体"注重细微的曲线处理。

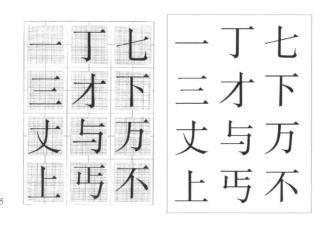

图5

图6

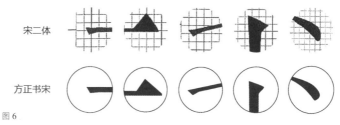

图5 "方正书宋"（右）与"宋二细"（左）

图6 "宋二体"（上）与"方正书宋"（下）笔形细部对比。（笔者整理）

　　于2019年出版的第七版《辞海》正文字体是由上海印刷技术研究所字体研究室设计的"新辞海宋"，这款字体由吴振平负责设计和统一修改。"新辞海宋"的"方中见长，挺拔矗立，端庄清秀，稳健的……'上紧下松'的特征"[40]是根植于书法传统理念的。吴振平在《"新辞海宋"字体设计理念》一文中谈道："新辞海宋"的设计……在横竖上缩小比例，起落笔和顿头上尖角变圆角，制定最基本的笔画和部首，创写关键结构字，阐述重心与结构等，解决和处理好这些步骤至关重要。实现整副字粗细大小协调，结构匀称，重心与字身的统一，"新辞海宋"使古老的宋体呈现出端庄、典雅、秀丽的新气象，使人可阅读时间更长，视觉效果更佳，达到一种舒适悦目的感觉[41]。不仅设计规范严

39　见方正字库关于"方正书宋"的官方简介，网址：http://www.foundertype.com/index.php/TypeInfo/index.html.

40　吴振平：《"新辞海宋"字体设计理念》，《印刷杂志》2017年第10期，第56—58页。

41　同上。

谨，而且后期的调整也花费了很大的功夫（图 7），可见这些都是对阅读体验
与人文关怀相统一所做的努力和尝试。

图 7

图 7 对"新辞海宋"字稿的修改（吴振平藏）

三、《辞海》正文宋体的特征分析

任何一款新字体的出现从来不是无中生有，我们从七个版本的《辞海》
的字体中也可看到其参考母形，从表 3 可以看到前四版很大程度上是参考了日
本的汉字字体，后三版体现出创新特征。

表 3：不同版本《辞海》正文宋体及参考字体原型表

版本号	一	二	三	四	五	六	七
参考字体	筑地体	人民日报体 （源自秀英体）			宋二体		重新设计 （宋二体、辞典宋）

通过对《辞海》每个版本的正文宋体进行数据分析，我们可以看到以下
的变化趋势：笔者从不同版本正文宋体中提取样字，进行了字面宽高比数据分
析，可以看到宽高比呈现下降的趋势（图 8），其中第六版宽高比数据略显突
出。这里需要做一个说明，第六版的"方正书宋"源于"宋二体"，"宋二体"
早在 1964 年就已经设计完成了，若按照字体完成时间来看，应在第五版"辞
典宋"之前。如此来说，据不同版本字体的产生时间来审视整体宽高比的趋势
的话，就是一个逐渐递减的趋势，图 9 可以直观地体现出这种变化。

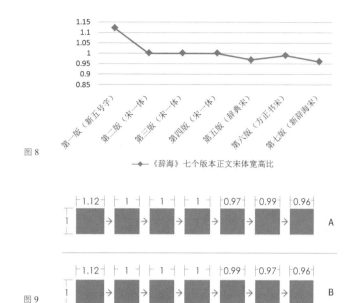

图 8　《辞海》七个版本正文宋体字面宽高比折线图

图 9　不同版本《辞海》宋体字面宽高比例变化趋势，A 按照正常版本顺序排列，B 是把第六版和第五版位置调换后的变化趋势。因为第六版"方正书宋"的原型"宋二体"是在"辞典宋"之前产生的，如此排列可以看到递减的变化趋势（笔者绘制）

图 8

—◆—　《辞海》七个版本正文宋体宽高比

图 9

在笔形特征方面，由于第一版《辞海》的"新五号字"的印刷成品出现溢墨的现象，细节没能很好地呈现，同时又是手工雕刻，同一种笔形因字而异，故笔者并没有把"新五号字"作为笔形分析之列。四款字体笔形特征分析见表 4。

表 4：第二至七版《辞海》正文宋体笔形特征分析表 [42]

类别	第二版 第三版 第四版（宋一体）			第五版（辞典宋）	第六版（方正书宋）	第七版（新辞海宋）	说明
横画笔端特征							横画的起笔："辞典宋"最为尖锐，"新辞海宋"最为柔和，"方正书宋"呈现出折线特征。
							横画终端："新辞海宋"最为柔和，"宋一体"的顶角偏柔和。

42　表中图片由笔者根据原字稿绘制整理。

表 4：第二至七版《辞海》正文宋体笔形特征分析表　　　　续表

类别	第二版 第三版 第四版（宋一体）			第五版（辞典宋）	第六版（方正书宋）	第七版（新辞海宋）	说明
竖画笔端特征							竖画起笔："宋一体"体现出极强的书写特征，"方正书宋"最尖锐，"新辞海宋"最柔和。
							竖画终端："新辞海宋"右下角呈现出平滑的曲线，"辞典宋"的左下角最为圆润。
折角（横折）特征							"新辞海宋"呈现出"耸肩"效果，"宋一体"显示出"脱肩"效果。
钩的特征							"方正书宋"最为尖锐，"新辞海宋"最为舒缓。

四、《辞海》的版面呈现

　　字体至终要呈现于版面，通过上面的字体结构、局部笔形的分析，我们很有必要检视不同《辞海》版面的效果。在第二版之后，《辞海》转为横排［在《辞海》试行本（1961）已经变为横排］，且第二、三、四、五版为双栏，第六版为三栏彩印。第二、三、四版的版式和字体均相同（图 10）。

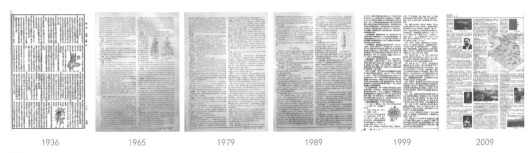

1936　　　1965　　　1979　　　1989　　　1999　　　2009

图 10

图 10　不同版本《辞海》的内文版式

　　版面局部的比较更能体现出不同版本的差异，通过图 11 我们可以清楚比较不同版面的灰度和均匀度：第一版的版面灰度最重，第五版的版面灰度次之，第二、三、四、六版的灰度较轻。第二、三、四、六版的版面最均匀，墨色轻重变化不大，第一、五版的均匀度次之。此现象除了和字体笔画的粗细有关，还和字形和技术相关，如第一版《辞海》使用的繁体字笔画数差异悬殊必然导致版面灰度重，当时技术的局限而产生的溢墨现象也影响版面的视觉效果。虽然第六版在印刷技术层面已经非常成熟，但是和第二、三、四版的版面灰度相比并没有太大的改善，如果详细检视，可以看到第六版的标点空白变化较大，质量稍逊于第二、三、四版。

图 11　不同版本《辞海》内文局部及
模糊化检视

图 11

　　第七版《辞海》在纸质版之外，发布了专门的 APP，其中的字体为新辞海宋。显然针对印刷使用的新辞海宋在屏幕显示状态下略显纤细，然视觉效果仍有很大的改进空间，针对不同媒介，《辞海》正文字体显然应做出相应的解决方案。

结语

　　纵观近百年汉字印刷字体的发展，其受社会变迁、技术变革等诸多因素的影响，这个过程呈现出从脱离海外的影响到逐渐独立创新的态势，20 世纪初期的楷体和仿宋体字模的开发就是这种独立创新的开始。从七个版本《辞海》的正文宋体字来看，其探索创新及新标准的确立推迟到了 20 世纪 60 年代，当时在学习海外经验特别是日本汉字字体设计方法的基础上开始了民族化的创新，并逐渐探索出了符合中国语境的字体设计方法。随着技术的不断更新，新的媒介不断涌现，针对不同媒介设计出相适应的字体显然是当下必须面对的问题。

多语言平台的字体设计文化

数千年来，汉字不但承载着中华文明演变至今，还对中国历史上的少数民族政权以及东亚诸国也产生了巨大的影响。历史学、民俗学、古文字学乃至汉字文化圈中其他国家的字体设计文化研究，不仅能为我国的汉字字体设计研究提供更为多样的视角，还可以形成字体设计研究领域的养分来源。同时，在全球化不断发展、多样文化并存的背景下，多语言平台的字体设计文化研究的重要性也不容忽视。

本章《多语言平台的字体设计文化》收录的文章分别关注韩国现代用汉字字种、韩文活字开发史、历史上少数民族政权的古文字再设计以及日本活字名称、民俗学与汉字形音义分析。这些文章或源于国内学者，或源于日韩学者，展现出汉字字体设计研究内容的丰富性、视角的多样性和研究的国际性特征。我们从这些文章可以看出，汉字字体设计研究需要全世界专家、学者的共同推进。

编著者们期待，本章收录的文章能为汉字字体设计研究领域提供更为丰富的视角、更为多样的切入点，共同推进汉字字体研究领域的发展，这是汉字文化圈中相关学者的共同心愿。

——编著者按

韩国现代用汉字的通用字种

王平

王平

香港树仁大学人文学院教授，韩国汉字研究所合作研究教授，世界汉字学会中方秘书长，*The International Journal of Chinese Character Studies* 主编，*The Journal of Chinese Characters* 副主编。

历任上海交通大学人文学院长聘教授，上海交通大学海外汉字文化研究中心主任，德国波恩大学、美国爱荷华大学亚太研究中心、韩国釜山国立大学、泰国清迈大学、越南汉南喃研究院等客座教授。主要研究领域：汉字发展史、《玉篇》学、汉字传播与应用、汉文化圈汉字遗产的整理与研究等。主要学术成果：主持并完成多个国际招标重大项目和国家、部、市级重大项目。出版学术著作 30 余种，百余册。用中、英、德、韩语发表学术论文百余篇。

【摘要】本文通过对代表韩国现代用汉字三张字表的统计和分析，得出韩国现代汉字的通用字量和字种为 3487。韩国至今还没有与中国通用汉字 7000 字表相似的字表，所以中国对韩国现代用汉字的研究，仅限于韩国教育用基础汉字 1800 个的范围。大范围地对韩国现代用汉字进行研究，在此基础上展开的中韩现代用汉字形音义等特征的系统研究也还处于空白状态。而以上研究离不开对韩国现代用汉字的全面调查与统计，更离不开对韩国现代用汉字通用字种的确定。该论文的研究结论将对韩国通用汉字字表的制定、对汉字文化圈内汉字的标准化研究、对中日韩汉字共通化研究，提供准确的数据参考和资料支持。

【关键词】韩国；现代用汉字；通用字种

1. 引言

1.1 研究缘起

汉字文献数字化的一个重要目标是搜索、统计以及类聚分析的准确性与便捷性。达到汉字文献数字化目标的关键是汉字的数字化处理，汉字数字化处理的关键是字量字种的统计与字表的制定，因为字量字种是标准字符集确定的前提。韩国至今还没有公认的与中国通用汉字 7000 字表相似的字表，研究汉字共通化，首先要尽快摸清汉字文化圈各国现行汉字的差异程度，分析产生差异的原因，在共识的基础上加强合作，确定整理汉字的统一标准，制定各国都能接受的、符合汉字演变规律的科学方案[1]。本文根据韩国现代用汉字字表，利用数据库技术对其进行了匹配项查询，研究目的是调查韩国通用汉字的字量与字种数。

1.2 调查范围

①韩国产业资源部技术标准院《交换信息用符号系统韩字和汉字 4888》（2009 年确认版）。

②韩国语文会《汉字能力检定考试一级配定汉字 3500》（2001 年版）。

③韩国教育部《汉文教育用基本汉字 1800》（2001 年版）。

1.3 术语说明

（1）变音异码汉字

韩国汉字的变音字是按其音序重复赋予码位的，譬如"樂"字有

1　参见冯志伟：http://www.hezi.net/Document/fengziwei/HanZi_standards.htm。

"낙""락""악""요"四个读音，就被赋予四个码位。另外，韩语里有所谓"头音法则"，例如"녀、뇨、뉴、니"和"랴、려、례、료、류"音的汉字在一个词的第一音节时，其音变为"여、요、유、이"和"야、여、예、요、유"，这样"女、尿、杻、泥、吕、禮、遼、柳、李"等字就有两个不同的码位[2]。

（2）匹配字与非匹配字

利用 ACCESS 技术，将 4888、3500、1800 的 Unicode 进行匹配字查询，Unicode 一致的为匹配字，Unicode 不一致的为非匹配字。

（3）韩语 WINDOWS 系统下汉字的默认字体

目前韩语 WINDOWS 系统下默认的汉字字体是 Batang 体，类似中文 WINDOWS 系统下默认的宋体，但 Batang 体与宋体在字形上存在着某些差异。韩国 Batang 体以前叫作"明体"，"明体"的命称来自日本。20 世纪七八十年代之后，韩国的"明体"与电脑技术结合，成为韩国印刷用汉字之代表字体。1992 年，微软公司将"明体"更名为 Batang。本文中所引用的韩国汉字字表所用字体皆为 Batang 体。

（4）字种数

字种数指在字形上具有区别性特征的汉字的数量。

所谓字种，就是指在字形上能区别于其他汉字的字。这也就是说，具有几个读音或若干意义和用法的汉字都按一个字种处理。例如，"长短"的"长"和"首长"的"长"以一个字种计，表示竖着的东西横躺下来的"倒"和表示转换的"倒"也以一个字种计，在语言中用作形容词的"多"和用作副词的"多"也以一个字种计。这样，从汉字数量方面界定和描述人使用汉字的能力和水平时所说的汉字数量指的就是字种的数量。但是，仅仅依凭掌握汉字字种的数量界定和描述人使用汉字的能力和水平显然是不够的，因此，从汉字的字形和读音的对应关系，汉字的字形和字义、字和单音节词的对应关系等角度思考人掌握和使用汉字的正确程度和准确程度，就成为界定和描述人使用汉字的能力和水平的另一个重要方面。

就汉字的字种数量看，如前所述，从古至今，以汉字为载体的文献典籍浩如烟海，一些大型工具书所收的汉字有数万之巨，但以其常用性和使用频率为指标，较常出现在文献中的汉字在数量和范围上都是有限的。因此《现代汉语通用字表》所收的 7000 个汉字就成为衡量人使用汉字的能力和水平的一个参照系。与此同时，语言文字学家和语言教育专家们也注意到，7000 个通用汉字主要是以书面文献中汉字出现的频率为标准形成的，与人们实际掌握汉字

2　Kang Sik Jin, *Computerizingand applying Chinese character literature in Korea*, The Korean Journal of Chinese Characters, 2009.

的情况并不完全一致。

（5）码位字量

码位字量指码位相同但字形有差异的汉字的数量。

2. 韩国现代用汉字字表的三种规格

2.1 韩国产业资源部技术标准院《交换信息用符号系统韩字和汉字4888》（2009年确认版）

韩国产业资源部技术标准院的《交换信息用符号系统韩字和汉字4888》（2009年确认版）旧版为《韩国国家标准汉字字符集4888》（KSC 5601-1987），也称作《情报交换用字符集》。该表由韩国产业资源部技术标准院（原为韩国国家标准研究所）自1974年开始研制，于1987年正式推广应用[3]，1997年至2009年，由韩国产业资源部技术标准院做过改定和确认。

标准编号：KSX1001　标准名称《交换信息用符号系统（韩字和汉字）》

标准名称（英文）：*CODE FOR INFORMATION INTERCHANGE（HANGEUL AND HANJA）*

标准领域信息（X）字符集·符号化·自动认知（X10）标准区分传达

制定日：1974 - 09 - 27

最后改定确认日：2009 - 12 - 29

技术审议会：信息技术技术审议会专门委员会

适用范围：该规格规定信息处理及传 data 的系统之信息交换用的符号系表达形式。

符合国际标准情况：

对应国际标准　　　　　　符合程度

ISO/IEC 10646-1:2000　　（IDT）

ISO/IEC 10646-1:2000　　（MOD）

* 一致（IDT），修订（MOD），不一致（NEQ）

相关标准：KS 10646-1，ICS Code 35.040（字符集及信息符号化）

标准履历事项：

变更日期	类别	告示编码	改定内容
1997 - 08 - 20	改定	1997-199	信息技术 KS 规格编码体系改定(KS C => KS X)
1998 - 12 - 31	改定	1998-407	反映欧化标记
2002 - 12 - 30	改定	2002-1824	添加邮编记号
2004 - 12 - 28	改定	2004-1101	
2009 - 12 - 29	确认	2009-0929	

3　郑龙起：《情报化社会의常用汉字》，《语文研究》1993年。

该表的主要功能是用于计算机的信息交换处理。本文采用的《交换信息用符号系统韩字和汉字 4888》是 2009 年确认版。获得该字表的网页为：http://license.korcham.net/eximinfo/guide/guide_view.jsp? flag=0401（대한상공회의소大韩工商会议所）http://www.standard.go.kr/main/index.asp? OlapCode=STAU00（기술표준원 국가표준종합인증센터技术标准院国家标准综合认证中心）

下文简称韩国产业资源部技术标准院的《交换信息用符号系统韩字和汉字 4888》（2009 年确认版）为"4888 字表"。

（1）4888 字表的字量

4888 字表的字量为 4888。

（2）字种

4888 字表中有 268 个汉字属于变音异码。也就是说，268 个汉字字形相同，读音有别（变音字），在韩国汉字中被赋予了不同的码位。就字形来讲，变音字在 4888 字表中出现了 2 次或以上。按照字种（在字形上具有区别性特征的汉字的个数），去重复项以后，4888 字表的汉字字种是 4620 个。

（3）4888 字表中的变音异码汉字

4888 字表中的变音异码汉字的码位都以"F"开头。这些汉字的特点是，同一个字形拥有 2 个或以上不同的编码，当它们与同形汉字进行匹配时，因为码位不同，所以得到的匹配字数为 0；在 WINDOWS XP 系统下的数据库和文档中，查询该字时找不到它们。

2.2 韩国语文会《汉字能力检定考试一级配定汉字 3500》（2001 年版）

韩国的汉字能力检定考试自 1989 年开始[4]，至今已经有 30 多年的历史，目前有 8 家国家认定的考级机构主持韩国的汉字能力检定考试。由于标准不一，各家考级机构公布的汉字考级字表在字量和等级等方面存在着诸多的差异[5]。本调查所引用的字表，取自韩国举办汉字考级历史最长、最具有权威性的韩国语文会，该表于 2001 年推广使用。其主要功能用于韩国汉字能力资格证书的考试。根据我们的调查，韩国语文学会的一级配定 3500 个汉字，也基本上是另外 7 家考级机构的共有汉字。本文获得该字表的网页为：www.hanja.re.kr。

下文简称韩国语文会《汉字能力检定考试一级配定汉字 3500》（2001 年版）为"3500 字表"。

（1）3500 字表的码位

3500 字表中一共有 3500 个码位。

4　金玲敬：《汉字考级的现状及存在问题》，《中国学》第 33 辑，2009 年 8 月。

5　同上。

（2）3500 字表的字量

3500 字表中的汉字字量是 3500。

（3）3500 字表中的变音异码汉字字量

3500 字表中有 9 个字（車 F902、串 F905、金 F90A、樂 F95C、率 F961、不 F967、泌 F968、塞 F96C、宅 FA04）实际存在于 3500 字表中，在 WINDOWS XP 系统下的数据库和文档中查询该字时却找不到。这 9 个字的特点是：在 3500 字表中只出现了一次；在韩国读音中属于变音字，所以有 2 个或以上不同的码位；3500 字表中所选的码位以"F"开头。

2.3 韩国教育部《汉文教育用基本汉字 1800》（2001 年版）

1945 年以后，韩国的教育用汉字为 1000 个字，1972 年扩大到 1800 个字。1972 年版的教育用 1800 个汉字一直沿用至 2000 年未做调整。伴随着中韩相互交流的增进，学习汉语、使用汉字在韩国蔚然成风，韩国教育部认为主动应对语言环境的变化，切实有效地搞好汉字、汉文教育，确立新的教育体系成为迫在眉睫的问题。2000 年年底韩国教育部发表公告：在 1972 年 1800 个字的基础上，根据语言环境的变化和韩国语的特点增删了 44 个汉字，保持总数不变。经过调整后的《汉文教学用基本汉字 1800》从 2001 年度开始实行。调整内容如下：

从高中排除的 4 个汉字：硯（연）、貳（이）、壹（일）、楓（풍）。

从高中移到初中的 4 个汉字：李（리）、朴（박）、舌（설）、革（혁）。

从高中排除的 44 个汉字：憩、戈、瓜、鷗、閨、濃、潭、桐、洛、爛、藍、朗、蠻、矛、沐、栢、汎、膚、弗、酸、森、盾、升、阿、硯、梧、貳、刃、壹、雌、鼈、笛、蹟、滄、悽、稚、琢、兎、楓、弦、灰、喉、噫、熙。

高中新补 44 个汉字：乞、隔、牽、繫、狂、軌、糾、塗、屯、騰、獵、隸、僚、侮、冒、伴、覆、誓、攝、垂、搜、逝、押、躍、閱、擁、凝、宰、殿、竊、奏、珠、鑄、震、滯、逮、遞、秒、卓、誕、把、偏、嫌、衡。

初中阶段和高中阶段所涉及的规定汉字各为 900 字，对于姓名、地点等专有名词所涉及的汉字，即使不在 1800 个字范围内也作为教学用字，因此实际教学用汉字将在 2000 个字左右。此次汉字调整所遵循的基本原则是，选定东亚汉字文化圈、古典汉文以及韩国语生活中常用的汉字，同时考虑汉字、汉文教育的效率和连续性[6]。韩国教育部《汉文教育用基本汉字 1800》的主要功能是用于韩国的中等教育。

下文简称韩国教育部《汉文教育用基本汉字 1800》（2001 年版）为"1800 字表"。

6　参见《中国教育报》，2001 年 9 月 24 日。

（1）1800 字表的码位

1800 字表中一共有 1800 个码位。

（2）1800 字表的字量

1800 字表的字量为 1800。

（3）1800 字表中的变音异码汉字

1800 字表中有 6 个字（更 F901、車 F902、復 F966、樂 F95C、率 F961、宅 FA04）实际存在于 1800 字表中，在 WINDOWS XP 系统下的数据库和文档中查询该字时却找不到。这 6 个字的特点是：在 1800 字表中只出现了一次；在韩国读音中属于变音字，所以有 2 个或以上不同的码位；1800 字表中所选的码位以 " F " 开头。

3. 韩国现代用汉字字量字种的调查

3.1 4888 字表与 3500 字表

（1）4888 字表与 3500 字表的匹配字量字种

4888 字表与 3500 字表的匹配字为 3470，也就是说这两张字表中的 3470 个汉字是共有的。

（2）4888 字表与 3500 字表的非匹配字字量字种

4888 字表与 3500 字表的不匹配字为 1414，另外加上因字形差异、码位不同而形成的不匹配字有 17 个（兎、寃、廏、强、戱、撐、昻、畵、碍、秘、纂、讐、猪、霸、麵、凉、冑），总数为 1431。这 1431 个不匹配字有以下三种情况。

① 4888 字表有 3500 字表无

4888 字表有 3500 字表无的汉字有 1401 个。

② 3500 字表有 4888 字表无

3500 字表有 4888 字表无的汉字有 13 个：妣、呆、舥、几、佝、糢、瘥、庖、觀、悯、癢、嬰、嵋。

③ 4888 字表与 3500 字表因字形差异、码位不同而形成的不匹配字

4888 字表与 3500 字表因字形差异、码位不同而形成的不匹配字有 17 组，见下表。

4888字表	U4888	3500字表	U3500								
兎	514E	兔	5154	讐	8B90	讎	8B8E	撐	6491	撑	6490
寃	5BC3	冤	51A4	猪	732A	豬	8C6C	昻	663B	昂	6602
廏	5ED0	廄	5ECF	霸	8987	覇	9738	畵	7575	畫	756B
强	5F3A	強	5F37	麵	9EB5	麪	9EAA	碍	788D	礙	7919
戱	6231	戲	6232	凉	51C9	涼	6DBC	秘	79D8	祕	7955
				冑	5191	胄	80C4	纂	7C12	纂	7BE1

以上 17 个汉字和与之对应的 17 个汉字存在着正俗、异体等字际关系。因为 4888 字表与 3500 字表所取字形不同，所以造成了查询上的不匹配，实际上它们本质上（音义相同）属于匹配字。

综上分析，我们可以得出：1401（4888 字表有 3500 字表无的汉字）+17

（4888 字表与 3500 字表因字形差异、码位不同而形成的不匹配字）+3470
（4888 字表与 3500 字表的匹配字）=4888。

3.2　4888 字表与 1800 字表

（1）4888 字表与 1800 字表的匹配字量字种

4888 字表与 1800 字表的匹配字为 1794，也就是说 1800 字表中只有 6 个汉字（慚、黙、叙、豐、祕、鴈）不包括在 4888 字表中。

（2）4888 字表与 1800 字表的非匹配字量字种

4888 字表与 1800 字表的不匹配字为 3094，这 3094 个不匹配字有以下两种情况。

①4888 字表有 1800 字表无

4888 字表有 1800 字表无的一共有 3088 个汉字。

②4888 字表与 1800 字表因字形差异、码位不同而形成的不匹配字

4888 字表与 1800 字表因字形差异、码位不同而形成的不匹配字有 6 组，见下表。

4888字表	U4888	1800字表	U1800		敍	654D	叙	53D9
慗	6159	慚	615A		豐	8C4A	豐	8C50
默	9ED8	黙	9ED9		秘	79D8	祕	7955

雁	96C1	鴈	9D08

以上 6 个汉字和与之相对应的 6 个汉字存在着正俗、异体等字际关系。由于 4888 字表与 1800 字表所取字形不同，所以造成了查询上的不匹配，实际上它们本质上（音义相同）属于匹配字。

综上分析，我们可以得出：3088（4888 字表有 1800 字表无的汉字）+6（4888 字表与 1800 字表因字形差异、码位不同而形成的不匹配字）+1794（4888 字表与 1800 字表的匹配字）=4888。

3.3　3500 字表与 1800 字表

（1）3500 字表与 1800 字表的匹配字量字种

3500 字表与 1800 字表的匹配字为 1785，也就是说有 1785 个汉字是 3500 字表与 1800 字表的共有字。

（2）3500 字表与 1800 字表的非匹配字量字种

3500 字表与 1800 字表的不匹配字为 1715。这 1715 个不匹配字有以下三种情况。

①3500 字表有 1800 字表无

3500 字表有 1800 字表无的一共有 1700 个汉字。

② 3500 字表与 1800 字表因字形差异、码位不同而形成的不匹配字

3500字表	U3500	1800字表	U800	雁	96C1	鴈	9D08	畫	756B	畵	7575
默	9ED8	嘿	9ED9	鍾	937E	鐘	9418	戱	6232	戲	6231
敍	654D	叙	53D9	強	5F37	强	5F3A	憋	6159	憯	615A
豊	8C4A	豐	8C50	涼	6DBC	凉	51C9				

3500 字表与 1800 字表因字形差异、码位不同而形成的不匹配字有 10 个（默、敍、豊、雁、鍾、強、涼、畫、戱、憋）。这 10 个汉字和与之对应的 10 个汉字存在着正俗、异体等字际关系。由于 3500 字表与 1800 字表取形不同，所以造成了查询上的不匹配，实际上它们本质上（音义相同）属于匹配字。

③ 3500 字表与 1800 字表对同一个字因取码位不同而形成的不匹配字

3500 字表与 1800 字表对同一个字因取码位不同而形成的不匹配字有 5 组，见下表。

3500字表	U3500	1800字表	U800
塞	F96C	塞	585E
更	66F4	更	F901
金	F90A	金	91D1
復	5FA9	復	F966
不	F967	不	4E0D

以上 5 个字在韩国属于音变汉字，在 4888 字表中被赋予了 2 个不同的码位。3500 字表和 1800 字表也许没有注意这个问题，在选取这 5 个汉字时没有意识到由于码位选择的不统一，而给检索查询带来的负面效应。当我们在 WINDOWS XP 下的 ACCESS 中进行 3500 字表与 1800 字表的匹配项查询时，3500 字表中的"塞"（F96C）不能与 1800 字表中的"塞"（585E）匹配，其他 4 个汉字的情况也是如此，该结果是因对同一个汉字取码位不同形成。实际上它们也属于匹配字。

综上分析，我们可以得出：1700（3500 字表有 1800 字表无的汉字有）+15（3500 字表与 1800 字表因字形差异、码位不同而形成的不匹配字）+1785（3500 字表与 1800 字表的匹配字）=3500。

3.4 研究结论

通过以上对 3 种汉字字表的分析我们可以得出以下结论：韩国 3 种汉字字表公布的字量为码位字量。韩国现代用汉字的共有字种为 3487。4888 字表作为韩国现代用汉字最大的一个字符集，几乎包括了韩国汉字能力检定一级配定汉字 3500 个。通过我们的调查，4888 字表实际上包括了 3500 字表中的 3487 个汉字，2 种字表中因字形差异码位不同所致的汉字有 17 组，实际上它们是匹配字。3500 字表中只有 13 个字没有包括在 4888 字表中，占百分比 0.37%。4888 字表全部包括了韩国中等教育用 1800 个汉字。1800 字表与 4888 字表的 6 组不匹配字属于字形差异码位不同所致，实际上是匹配字。3500 字表实际上包括了 1800 字表全部。其中的 15 组不匹配字因字形差或异码位不同所致，实

际上是匹配字。

　　汉字标准化是实现汉字使用交际功能的必要保证。汉字定量确定了现代汉语用字的数量[7]。韩国汉字的定量就是确定韩国现代用汉字的数量。韩国目前认读和书写以及计算机信息转换究竟用多少个汉字，都是哪些汉字，必须做一个全面、科学的统计和分析，确定其数量，研制出一份"韩国通用汉字字表"。上文我们调查的韩国当前用的 3 种汉字字表集中体现了韩国现代用汉字字量研究方面的成就。尤其是 4888 字表，该表对韩国汉字定量研究的贡献巨大。但是，该表在字量、字形、码位等方面尚存在着一些问题，例如 4888实际为 4620。另外，3500 字表中的 13 个字（妣、呆、舣、几、俛、糢、瘴、庖、顓、惘、癢、嬰、嵎）应该补充到 4620 字中，韩国人名、地名用的 350个汉字中的 2 个字（恔、猛）也应该补充到 4620 字中。另外，4888 字表的制定始于 1974 年，推广使用于 1987 年，该表推广后虽然有所调整，但是从字量和字种上并未做增删。语言是变化发展的，作为记录语言符号的汉字也是如此。十几年前制定的 4888 字表，有必要根据当代韩国汉字的使用情况做必要的增删，增补在韩国使用的中国常用和通用汉字的高频字。例如"很"字是中国现代汉字的高频字，但不见于 4888 字表，而在当代韩国汉字的使用中"很"字已经常见。类似的情况不一一列举。如果不能改变 4888 字表的数量的话，我们还应该补进 253 个汉字。而这 253 个汉字的选择还应根据该字的频率、使用度、构词能力和构字能力以及实际使用情况而定。

参考文献

　　[1] 郑龙起 . 情报化社会의常用汉字 [J]. 语文科学，1993.
　　[2] 金相洪 . 汉文教育用基础汉字 1800 자调整의基本方向 [J]. 汉文教育研究，2000（15）.
　　[3] 朴庆淑 . 대학생汉字能力实态와한자교육의 必要性 [J]. 语文研究，2000.
　　[4] 沈庆昊 . 汉文教育用基础汉字 1800 자 调整에 관한 研究 [J]. 汉文教育研究，1999（14）.
　　[6] 안병곤 최용혁 . 韩国의汉字政策과汉字教育 [J]. 日语研究，2001（18）.
　　[7] 金铃敬 . 韩国汉字考级的回顾和展望 [J]. 中国学，2009（33）.

7　1965 年，中国文化部和中国文字改革委员会联合公布的《印刷通用汉字字形表》所列 6196 个字基本上反映了现代汉语通用字的数量。1981 年，中国公布的国家标准（GB2312—80）《信息交换用汉字编码字符集·基本集》，收字 6763 个，这个字量是计算机内汉字字库收字量的国家标准。1988 年，中国先后公布了收有 3500 字的《现代汉语常用字表》和收有 7000 个字的《现代汉语通用字表》，这两份表分别规定了常用字和通用字的数量。

"活字"一词究竟何时开始在日本使用？是否为 movable type 的译语？

[日] 内田明

孙明远 / 译

内田明

字体史、印刷史、出版史学者，日本独立研究者联盟成员。立足多样视角研究近现代日本的活字史、图案文字史、印刷出版、产业史等课题，在日本、中国、韩国等国家出版著作（含合著）多部，论文十余篇。代表作有《活字印刷の文化史》（勉誠出版，2009 年）、《書体のよこがお——時代と発想でよみとく書体ガイド》（グラフィック社，2023 年）、《日本語活字の文化誌》（《アイデア》连载文章）、《〈秀英電胎八ポ〉書風と〈築地新刻電胎八ポ〉書風の活字について》（勉誠出版，《書物学》第 21 巻，2022 年）、《近代日本の活字サイズ——活字規格の歴史性（付・近代書誌と活字研究）》（近代文献調査研究論集第二輯，2017 年 3 月）、《活字史研究書としての徳永直『光をかかぐる人々』に見られる達成》（タイポグラフィ学会誌，2013 年 7 月）等。

"活字"一词究竟何时开始在日本使用？其是否为 movable type 的译语？

迄今为止，除高桥恭介的《"活字"的技术变迁中的印刷史》(「活字」の技術变迁から見た印刷の歴史，《日本印刷学会志》第 49 卷第 2 期，2012 年）外，并无其他研究正面回答以上的疑问。本文将在高桥恭介研究的基础上增加笔者在调查中获得的新资料，进行更为细致的讨论。

一、《日本国语大辞典》中"活字"的使用例

《日本国语大辞典》(《日本国語大辞典》) 第 2 版（小学馆，1979—1981年）中解释"活字"为："活版印刷中使用的字形。虽然古代也有木质活字，但一般而言为金属材质的一端雕刻有左右反转的浮雕文字的方形柱状物。"[1]

与《牛津英语词典》(*Oxford English Dictionary*) 的编辑体例相同，《日本国语大辞典》也会在解释词语的同时，展示该词语在各历史时期文献中的使用例。在《日本国语大辞典》"活字"一词的解释中，依据时代顺序其使用例分别为：（1）《空华日用工夫略集》(空華日用工夫略集) 1370 年九月二十二日"唐人刮字工陈孟才、陈伯寿二人来"（唐人刮字工陳孟才・陳伯寿二人来）；（2）《（德川实记）东照宫御实记附录卷 22》[（德川实记）東照宮御実記附録卷 22] 1616 年"新刻十万余活字委托三要印刷"（十万余の活字を新に彫刻せしめ、三要に給はりて刷印せしめらる）；（3）《好古日录》(好古日録) 1797 年"公事根元的活字现存极少"（公事根元の活字も、今存するもの至尠し）。但以上（1）（2）的使用例并不恰当，需要进一步讨论。

关于（1），所谓《空华日用工夫略集》指京都五山的禅僧空华（即义堂周信）记录的 48 卷日记中现存的 4 卷略本。其中，日本应安三年（1370 年）九月二十二日的日记中记有："唐人刮字工陈孟才、陈伯寿二人来，福州南台桥人也，丁未年七月至岸。"其意指在丁未年，即 1367 年，陈孟才、陈伯寿两人从福州来日。据铃木久男的《关于〈魁本对相四言杂字〉的考察》(『魁本对相四言雑字』について，(珠算史研究会会志《珠算史研究》第二期，1981 年），彼时在日本覆刻的《魁本对相四言杂字》的第五叶刻有名为"伯寿"的雕版刻工姓名。因五山版时代的日本尚未有活字版印刷，而《魁本对相四言杂字》也是雕版印刷而成，同时所谓"刮字工"意指"雕版印刷用版木雕刻师""刻字工匠"，并非指活字工匠，为此，该文应从《日本国语大辞典》的"活字"解释使用例中删除。

关于（2），正如使用例所示，德川家康作为"古活字版"的推动者之一广为人知。而本文关注的则是《御实记》之文撰写的背景和具体状况。据藤实

1　《日本国语大辞典》第 2 版第 3 卷第 798 页上段。

久美子的《关于德川实记的编纂》(「德川実記」の編纂について),《御实记》于 1799 年开始策划、进行资料收集以及编纂,直至 1842 年才得以完成[2]。1843 年献给幕府的净书原本现藏于国立档案馆(国立公文書館)[3],其中确切记有"新刻十万余活字委托三要印刷"、"命林道春与崇传以铜活字刊行《群书治要》(群書治要)、《大藏一览》(大蔵一覧)等书"等内容。但因其为 1800 年前后的编纂者撰写的文章,所以很可能并非 1616 年时使用的词语。而与德川家康交往密切的舟桥秀贤撰写的《庆长日件录》(慶長日件録)中记有:"慶長十年四月廿八日、早朝主上番所へ出御、暫有御雑談、其次前大樹銅鋳一字板十万字可有調進之由"之内容。其中"主上"指后阳成天皇,"前大树"指德川家康。其意为:"1605 年四月二十八日早朝,后阳成天皇至番所杂谈,德川家康禀报新铸造铜活字十万个。"由此可见,当时德川家康身边使用的并非"活字",而应为"一字板""一字印""铜印字"等词语。

二、1600 年前后日本国内出版物中与"活字"相关的词汇

关于日本古活字版的起源有以下两种说法:其一认为源于丰臣秀吉出兵朝鲜[4]时作为战利品带回的活字、书籍以及俘虏的工匠,其二认为源于基督教版的技术。而本文关注的是后阳成天皇的敕版《劝学文》(勧学文)刊行语中的"命工每一梓镂一字棋布之一版印之此法出朝鲜"。

在公元 1600 年前后的日本刊行的出版物中,还有小瀬甫庵编纂的书籍刊记中也使用前示"一字板"之词。曾任丰臣秀次[5]医生的小瀬甫庵在印刷于 1596 年的《标题徐状元补注蒙求》(標題徐状元補注蒙求)下卷的末尾刊记中记有:"桑城洛阳西洞院通勘解由小路南町住居甫庵道喜新刊一字板绣。"[6]1597 年的《新编医学正传》(新編医学正伝)刊记也记为"一字之板"[7]。小瀬甫庵还在《永禄以来出来初之事》(永禄以来出来初之事)(1640—?)中记录了各类始于丰臣秀吉时代的事物,其中称:"所谓一字板,源于丰臣秀吉出兵朝鲜(一字板は八かうらい入有し故也)。"[8]文中的"かうらい"指高

2　参见藤实久美子:《关于德川实记的编纂》,文部省史料馆《史料馆研究纪要》第 32 期,2001 年。

3　国立档案馆数据资料库,https://www.digital.archives.go.jp/img/3695382。

4　日本称为"文禄、庆长之役(文禄·慶長の役)",而朝鲜则称为"壬辰、丁酉倭乱(壬辰、丁酉倭乱)",是日本对朝鲜实行的侵略战争。

5　丰臣秀次是丰臣秀吉的外甥,其后作为秀吉的养子继承关白之位。

6　该书见大阪府立图书馆的"おおさか e コレクション"。刊记页为 100/101(http://e-library2.gprime.jp/lib_pref_osaka/da/detail？tilcod=0000000005-00000096)。

7　该书见大阪府立图书馆的"おおさか e コレクション"。刊记页为 74/75(http://e-library2.gprime.jp/lib_pref_osaka/da/detail？tilcod=0000000005-00000093)。

8　该书见新日本古籍综合数据库宫内厅书陵部藏本微缩胶片资料(https://kotenseki.nijl.ac.jp/biblio/100262371/viewer/9)。

丽。可见，当时的人们有意识地使用源于朝鲜的"一字板"称呼"活字"。

同样刊行于 1600 年前后的古活字版书籍中也可见"活版"一词。中根胜在《日本印刷技术史》（日本印刷技術史，1999 年）中介绍了以下两个史料。

其一出自细川幽斋的《伊势物语阙疑抄》（伊勢物語闕疑抄，1597 年）刊记，为"御幸町通二条　仁右卫门　活板之"（御幸町通二条　仁右衛門　活板之）[9]。其二出自释道宣的《教诫新学比丘行护律仪》（教誡新學比丘行護律儀，1604 年）刊记，为"右教诫仪简牍磨灭字画残殃或鸟而焉或焉而马故励志投小财命工令活板"（右教誡儀簡牘磨滅字畫殘殃或鳥而焉或焉而馬故勵志投小財命工令活板）[10]。据林进的《关于"二尊院"的"素庵夫妻之墓"与〈大觉寺文书〉收藏的〈角仓与一（素庵）书状〉》（二尊院の「素庵夫妻の墓」と『大覚寺文書』収載の『角倉與一（素庵）書状』について），刊行《教诫新学比丘行护律仪》的下村生藏与"嵯峨本"也有密切关联[11]，值得关注。因就《伊势物语阙疑抄》的刊记而言，至少"嵯峨本"的相关人物及其周边领域曾使用"活版"一词，所以今后也可能会发现关于"活字"一词使用的新资料。至于仁右卫门，据佐藤贵裕的《易林本节用集研究觉六题》（易林本節用集研究覚六題，《国语语汇史的研究》第 27 期，2008 年），应为在京都建仁寺周边从事印刷的人物，但详情不明。

三、基督教版中与"活字"相关的词汇

在 1600 年前后的日本以活版印刷技术刊行的书籍中，还有源于葡萄牙耶稣会传教士集团的"基督教版"。据高濑弘一郎的《吉利支丹时代的文化与外交——印刷文化的到来与葡萄牙的日本航海权》[キリシタン時代の文化と外交——印刷文化の到来とポルトガルの日本航海権，丰岛正一编：《吉利支丹与出版》（キリシタンと出版）]，在日本指导印刷技术的范礼安（Alessandro Valignano）于 1589 年 9 月 25 日从澳门寄往耶稣会总长的信函中，有关于"活字"的内容如下：

> 希望您能从葡萄牙送来印刷机与大、中、小三种文字（Letras）的字模（Matrices）。我将给您寄去《对话录》（対話録）的封面，就此可知字模陈旧、印刷落后无法充分满足印刷之需求的现状。事实上，需要各种文字，特别是中等尺寸的意大利体文字以及罗马体文字的字模。

9　该书见 ROIS-DS 人文学开放数据库共同利用中心的日本古籍数据集，国文研铁心斋文库（http://codh.rois.ac.jp/iiif/iiif-curation-viewer/index.html？pages=200025266&pos=281&lang=ja）。

10　该书见国立国会图书馆数字藏品库（https://dl.ndl.go.jp/info:ndljp/pid/10301836/28）。

11　林进：《关于"二尊院"的"素庵夫妻之墓"与〈大觉寺文书〉收藏的〈角仓与一（素庵）书状〉》，关西大学博物馆丛报《阡陵》，2018 年第 76 期。

对译拉丁语语汇数据库（https://joao-roiz.jp/LGR/DB）收藏的基督教版拉丁文葡萄牙日文对译词典（1595 年，天草）与日葡辞典（1603 年，长崎）中并未使用 Letra 表示活版印刷，但对译拉丁文语汇集数据库中的葡语辞典中则有 Letra 一词。1611 年刊行的《葡萄牙文拉丁文对译辞典》（*PORTUGUESE-LATIN DICTIONARY. DICTIONARIUM LUSITANICO-LATINUM PER AUGUSTINUM BARBOSAM*）将 Letra 解释为："字模字，特别是印刷用字。排版用文字、印刷用文字（Letra de molde，aliàs impressa. Characteres typici. Vel characteres impressi.）。"[12] 而因从事基督教版的日本人应是从葡萄牙文或者拉丁文学习印刷技术及关联的词语，所以推测他们当时应将活字称 Letra（Letras）。

四、从 letra、litteras、letter 至 moveable type

如前所述，仅就基督教版相关文献以及同时代的辞典来看，从 16 世纪末至 17 世纪初的拉丁文、葡萄牙文中将"活字"称为 Letra（Letras）。

那么，其他欧洲各国文字又如何称呼"活字"？

里卡多·奥洛克（Riccardo Olocco）的《15 世纪意大利活字产业档案研究》[*The Archival Evidence of Type-making in 15th-century Italy*，2017 年《书目》（*La Bibliofilia*）第 119 卷第 1 期] 通过详尽调查 15 世纪意大利的活版制造、印刷销售行业的各种档案从而梳理了当时活字印刷产业状况。在该研究的《2.1. 印刷业术语》（*2.1. The terminology of the printing trade*）中，里卡多·奥洛克称："字模铸造的文字（Cast type）称为活字 litteras"（letters）。阿尔弗雷德·威廉·波拉德（Alfred William Pollard）的《版权页杂谈》（*An Essay on Colophons*，1905 年）记载早期德国美因茨刊行的书籍中 1457 年最初的版权页中使用"以不依赖笔的新技术"[13] 表示"活字"。而意大利威尼斯刊行的书籍从 1470 年前后开始为表达"以笔书写的书籍"的不同而使用"活字（littera）"一词[14]。"活字（littera）"这一称呼同样也可见于 1489 年刊行于瑞士巴塞尔的诗集的版权页之中。可以想见，印刷专业词汇通过拉丁文转播向世界各地的过程之中，"活字（littera）"作为专业用词逐渐普及。

---

12 参见 https://joao-roiz.jp/LGR/search/entryid=208320&book=Barbosa1611。

13 在阿尔弗雷德·威廉·波拉德的《版权页杂谈》中记为 "Adinuentione artificiosa imprimendi ac caracterizandi absque calami vlla exaracione sic effigiatus"（fashioned by an ingenious invention of printing and stamping without any driving of the pen）。

14 在阿尔弗雷德·威廉·波拉德的《版权页杂谈》中记为 "Et calamo libros audes spectare notatos/ Aere magis quando littera ducta nitet？"（And who dare glorify the pen-made book，/ When so much fairer brass-stamped letters look？）。

在英语之中, moveable type（movable type）也并非古已有之的词语。《牛津英语词典》（*Oxford English Dictionary*）第 1 版（1884—1928）中并无 moveable type（movable type）一词, 仅能见于 type 一词释义的使用例之中。《牛津英语词典》第 2 版（1989 年）之才新增 movable type 一词, 作为复合词刊载于"movable/moveable"的第 8 项中, 而相当于"活字"的语义则见于 letter 的第 2 项、movable type、type 的第 9 项, 共 3 处[15]。《牛津英语词典》第 2 版的 letter 的第 2 项中, 记载有马丁·马尔普雷特（Martin Marprelate）的《致会议堂可怕的祭司》（*Epistle to the Terrible Priestes of the Confocation House*, 1588 年）、约瑟夫·莫克森（Joseph Moxon）《印刷艺术中的机械与手工作业》（*Mechanick Exercises, or, the Doctrine of Handy-works : Applied to the Art of Printing*, 1683 年）等用例, 但需要注意的是, 约瑟夫·莫克森的《印刷艺术中的机械与手工作业》是世界上最早的活版印刷技术指南书籍, 同时无法仅从《牛津英语词典》的例文判断该书中将相当于"活字"的内容均记为 letter（s）的事实。

无论《牛津英语词典》第 1 版还是第 2 版, 均将 type 作为表示"活字"的主要用词, 在 type 第 9 项中记为"用于印刷的由金属或木材制成的上端雕刻有凸起的文字、数字或其他字符的小型柱状物（A small rectangular block, usually of metal or wood, having on its upper end a raised letter, figure, or other character, for use in printing.）", 其含义与本文前引《日本国语大辞典》中的解释基本相同。此外, 无论是第 1 版还是第 2 版均将詹姆斯·沃森（James Watson）的《印刷艺术史》（*History of the Art of Printing*, 1713 年）中的"克里斯多夫·普朗坦（Christophe Plantin）……印刷的……精美的圣经……的活字铸造于巴黎（Christopher Plantin...printed...that fine Bible...whose Types were casten and made at Paris）"可视为最古老的使用例。

而作为类似 movable type 语义的最早使用例,《牛津英语词典》第 1 版中列举了委西姆斯·诺克斯（Vicesimus Knox）的《道德与文学的随笔》（*Essays Moral and Literary*, 1778 年）的《关于印刷的艺术》（*On the Art of Printing*）中的"展示了从不可移动的木或金属活字向可移动的金属活字的逐步演变（To trace the art in its gradual progress from the wooden and immoveable letter to the moveable and metal type.）"。因《牛津英语词典》第 2 版中列举了更早时期的帕尔默（S. Palmer）的《印刷通史》（*General History of Printing*, 1732 年）例文, 所以高桥恭介在其研究中称,"（movable type）应用于 1732 年之后"。

15　虽然《牛津英语词典》的 character 第 4 项的内容也与"活字"相关, 但就其内容而言, 更多指向的是"字体""字体风格"。

　　实际上，正如《牛津英语词典》第 2 版在 movable type 中的说明，"参考早期印刷品（usu. with reference to early printing）"，在 1732 年之前刊行的《印刷史的叙述史》（印刷史の叙述史）中可以窥得类似 movable type 的词语出现的背景和状况。委西姆斯·诺克斯在《道德与文学的随笔》中曾讨论欧洲活版印刷之父究竟是德国人约翰内斯·谷登堡还是荷兰人劳伦斯·科斯特，类似的内容还见于比帕尔默的《印刷通史》更早刊行的埃利斯·维利亚德（Ellis Veryard）的《评论汇编》（An Account of Divers Choice Remarks, as Well Geographical, as Historical, Political, Mathematical, Physical, and Moral; Taken in a Journey Through the Low-Countries, France, Italy, and Part of Spain; with the Isles of Sicily and Malta, 1701 年）之中。再往前，热代翁·蓬捷（Gédéon Pontier）在《关于欧洲现状的新考察》（A New Survey of the Present State of Europe, 1684 年）之中也讨论了约翰内斯·谷登堡与劳伦斯·科斯特的话题，并在其总结处说："可动可换的字符……（moveable and changeable Characters...）"在笔者实施的调查之中，此为英文资料中最古老的使用案例。同时，在内森·贝利（Nathan Bailey）的《通用英文词源字典》第 2 版（1724 年）的 Printing[16] 一项中未曾有的 moveable types 一词，出现在 1731 年的第 2 版增补版之中[17]，为此可以确定 moveable types 一词应出现于 17 世纪末期至 18 世纪初期。而之所以分别称为 wooden and immoveable letter 与 moveable and metal type，则出于西班牙的胡安·冈萨雷斯·德·门多萨（Juan González de Mendoza）撰写的《中华大帝国史》（Historia de las cosas más notables, ritos y costumbres del gran reyno de la China, 1585 年）的"XVI 中国的印刷术"一节[18]。其中介绍了中国雕版印刷技术漫长的历史，并因 1586 年的意大利语版、1588 年的法语版、1597 年的德语版等各国文字版本的刊行逐步扩散至欧洲各国。

五、从"植字版"到"活字版"

　　因 1610 年《复刻日本书纪》（復刻日本書紀）的刊记中有"活版"一词，同时贝原益轩刊行于 1713 年的《养生训》（養生訓）中有"终于刊行活字医书（活字の医書ようやく板行す）"，所以高桥恭介在其研究中认为："推测

16　参见 https://books.google.co.jp/books？id=UeUIAAAAQAAJ&pg=RA35-PA7#v=onepage&q&f=false。

17　原文为"the art of printing with moveable types"。参见 https://books.google.co.jp/books？id=o-gIAAAAQAAJ&pg=PT40#v=onepage&q&f=false。

18　参见 https://books.google.at/books？id=7HdUAAAAcAAJ&hl=ja&pg=RA2-PA204#v=twopage&q&f=false。

1600 年至 1700 年约 100 年之间，记载'活字''活版'的书籍从中国传入日本。"

在此，本文将在高桥恭介推论的基础上，进一步考察从"植字版"到"活字版"用词在日本的演变过程。

用"植字"一词表现排列活字的组版工序，出现于古活字版时代结束，因雕版印刷发达而带来的日本商业印刷繁盛的江户时代前期，彼时，以活字印刷的书籍称为"植字版"。因书籍大量流通、类似书籍名称繁多，为避免混淆，中村富平整理书目撰写而成的《辩疑书目录》（弁疑書目録，1711 年）的"总目录"（総目録）中，将日本国内的主要书籍依据其独自的方法分类为："第一、同音书目，第二、同名书目，第三、两名书目，第四、古今书目，第五、略名书目，第六、读曲书目，第七、植字书目，第八、足利书目，第九、落卷书目"。其中的"第七、植字书目"中，刊载了 18 世纪初期由植工常信刊行的禅籍[19]。

在此，以下三个资料值得关注。其一是曾任幕府医官，其后又转任儒官的中村兰林（即藤原明远），其《学山录》（学山録，1750 年）中记有"欲图快速、方便印刷书籍人称之为活版或活字，今日一般称为'植字'"，中村兰林还在书中介绍了记录世界上最古老的活字发明——中国宋代毕昇发明的胶泥活字的《梦溪笔谈》（1088—）。其二是柴贞谷重修的分类辞典《杂字类编》（雑字類編，1786 年），其中将"活字"和"活版字印"分别标注旁注训读标记（傍訓）为"ウヱジ""ウヱジバン"。以平假名"ウヱジ"（植字）标注汉字"活字"训读之处极为有趣且具时代特色。其三是从 1808 年至 1819 年任江户幕府书籍奉行（書物奉行）的近藤重藏撰写的《右文故事余录》（右文故事余録）卷二的《好事故事》（好事故事，刊行年不详）。如高桥恭介的研究所述，近藤重藏为解说自己用于印刷的木活字的制作、用法，除《梦溪笔谈》之外，还引用了王祯的《农书》，以及描述了武英殿出版计划、决算报告和木活字印刷工程的《武英殿聚珍版程式》（1774 年），概览了中国和日本的活字印刷史。

最后还需要特别介绍，亡命至日本的明代儒家学者朱舜水的学生安积澹泊编辑、柳枝轩刊行的《舜水朱子谈绮》（舜水朱子谈绮，1705 年）。《舜水朱子谈绮》下卷的"人伦"之项可见"活版"一词的使用，其解释："植字版以铜制作也称铜板。"[20] 因前引贝原益轩用于《养生训》的"活字"，其意指相对于写本的医学书籍的"雕版""雕字"，同时贝原益轩的书籍也大多由柳枝轩印行，由此可以推测，"活版"一词可能经在日本的儒家学者的人脉得以

19　参见新日本古籍综合数据库，https://kotenseki.nijl.ac.jp/biblio/100366035/，东北大学附属图书馆狩野文库藏本。

20　参见早稻田大学图书馆古籍数据库，https://archive.wul.waseda.ac.jp/kosho/i17/i17_00014/i17_00014_0004/i17_00014_0004_p0027.jpg。

流传开来。

　　此外，与今日"活字"一词用法相同的最早的案例，据岸本真实的《近世木活字版概观》（近世木活字版概観，天理图书馆馆报《ビブリア》第 87 期，1986 年），应为属于近世木活字本的缘山活字版之一的《观经散善义传通记见闻三》（観經散善義傳通記見聞三，1731 年）的"跋"中的"活字"以及其刊记中的"宇田川町　活字板木师　中村源左卫门"。

结语

　　本文未能明确在日本 1600 年前后使用的"活版"一词的来历，推测其可能仅用于极为有限的范围内。本文可以确认的是，"活字"以及"活版"作为专业词汇因文化交流于 1700 年前后从中国传入日本并逐渐普及，而因《武英殿聚珍版程式》的影响，在 18 世纪末期出现了从"植字版"一词至"活字版"的变化。此外，日本使用的"活字""活版"之词汇与英语的 movable type 并无任何关系。

　　因篇幅所限，本文未能介绍日本的印刷史脉络、时代背景等内容，关于此，可参考长泽规矩也的《日本、中国书籍的印刷及其历史》（和漢書の印刷とその歴史，吉川弘文馆，1952 年）、凸版印刷株式会社印刷博物志编辑委员会编纂的《印刷博物志》（印刷博物誌，凸版印刷，2001 年，）、铃木广光的《日本语活字印刷史》（日本語活字印刷史，名古屋大学出版会，2015 年）、印刷博物馆编辑的《日本印刷文化史》（日本印刷文化史，讲谈社，2020 年）等书籍。

西夏字体研究与 Noto[1] 西夏宋体再设计 *

刘钊 / 杨翕丞

刘钊

设计学博士，中央美术学院设计学院副教授、硕士生导师。中国美术家协会会员，北京大学现代广告研究所外聘研究员，中国中文信息学会汉字字形信息专业委员会委员，国际文字设计协会理事兼中国国家代表。

杨翕丞

英国雷丁大学字体设计专业硕士，在读博士。谷歌 Noto 西夏宋体 (Noto Serif Tangut) 再设计 设计师。其设计的西夏文字体 AraTangut 获第 69 届纽约 TDC 奖；拉丁文、中文、阿拉伯文多文种字体家族 Lyean 获纽约 TDC Young Ones 奖。

*　谨向参与本项目的顾问专家以及设计团队的全体成员表示感谢，他们是中国社会科学院民族学与人类学研究所民族文字文献研究室主任孙伯君、宁夏社会科学院研究员贾常业、西安交通大学副教授孙飞鹏、独立学者游程宇、英国汉学家魏安、字体技术专家陈永聪和姜兆勤，以及设计助理宋霈霖。最后感谢姜兆勤在本文写作中对信息的校对给予的帮助。

1　"Noto"指"No Tofu（没有豆腐）"，意思是要消除电脑中缺字的现象。

【摘要】西夏王朝留下了璀璨的西夏文化和一种新构造的独特的文字——西夏文。这种文字随西夏的消亡逐渐被弃用，其历史与文化也逐渐被淡忘。19世纪末20世纪初，黑水城等地出土的大量西夏文文献，涵盖史学、艺术、法律、译著，成为西夏学建立与发展的重要基础。为承载西夏学信息化研究工作，中外专家基本完成了西夏文字的编码和西夏字体的设计开发工作。在信息化的今天，西夏字体作为西夏文化的载体，其字形正确性和字符完整性显得尤为重要。

本文的研究源于初版"Noto 西夏宋体"字体[2]。该字体由谷歌公司于2019年发布，随即引致海内外专家的关注、批评。笔者的设计团队进而承担起 Noto 西夏宋体的再设计项目[3]，对原设计进行整体修改和升级，即在原有现代设计风格不变的前提下，努力体现西夏文字特有的美学特征，建构完整的西夏文字符集并纠正其中的错误，以使其适用于长文本、小字号阅读和光学识别。本文围绕 Noto 西夏宋体的再设计工作，总结出字体通用设计和西夏字体本地化的设计方法。

【关键词】西夏字体；Noto 西夏宋体；字体设计方法；泛汉字字体

一、西夏字体设计概况

（一）Noto 西夏宋体再设计的背景

2021年4月，中央宣传部印发《中华优秀传统文化传承发展工程"十四五"重点项目规划》[4]，为做好未来5年的传承发展工作提出具体要求。《规划》明确23个重点项目，其中"国家古籍保护及数字化工程"新设8个项目，"中华古文字传承创新工程"位列其中。2021年8月24日，教育部网站公布对《关于加快规划建设国家少数民族语言文字数据中心，推动少数民族语言文字抢救性保护的提案》的答复。答复称，党和国家高度重视少数民族语言文字事业，坚持以铸牢中华民族共同体意识为主线，坚定不移推广普及国家通用语言文字，加强信息时代语言规范和技术支持，积极推进少数民族语言文字保护和传承，促进各族人民交流交往交融。[5] Noto 西夏宋体再设计的项目实施和发布正逢其时。

西夏国由党项人建立，成立于1038年，主要领土位于河西走廊，是中原与西域的商业和文化交流的通道。西夏努力吸收汉文化，启用汉族官员，命野

2　在谷歌的字体版本编号为 2.000。

3　在谷歌的字体版本编号为 2.168。

4　谭枭《23 大项目厚植中华文化基因》，《半月谈》2021 年第 15 期，第 74—76 页。

5　教育部《关于政协第十二届全国委员会第四次会议第 3233 号（文化宣传类 139 号）提案答复的函》，教民提案〔2021〕18 号，http://www.moe.gov.cn/jyb_xxgk/xxgk_jyta/jyta_mzs/202108/t20210824_553984.html，访问时间 2021 年 8 月 26 日。

利仁荣创制西夏文。1227 年西夏亡于蒙古后，西夏文又在某些地区流传了很长时间。西夏相关的大量出土文献，内容涵盖史学、艺术、法律、译著等诸多方面，这些文献保存典籍原貌，对研究与印证中国传统文化有重要作用。因此，西夏文有着特殊的历史意义和社会影响力，自出土文献大量涌现之日起相关研究历来为学界所重视。为此，西夏字库的正确性和完整性作为西夏文献数字化和数据库构建的基础极为重要。

　　"艺术是对难题的提问，设计是对难题的解答。"[6] 在商业环境和技术条件不断变化的今天，具备艺术教育背景的笔者一直在探索解决问题的方法。国际文字设计协会（ATypI）前主席何塞·斯卡廖内（José Scaglione）在与人合著的《如何创作字体》中这样描述："在数字时代，字体在计算机中以编码（Unicode）形式存在，设计软件可以访问这些编码，重新解释它们，并重新构建每个字符轮廓的外观。"[7] 他认为在现代，一个字体的作用相当于一个软件，即字体的每一个字符轮廓都应有自己的专属编号或者被调用和转换的规则，才能被正确地存储、传输和再现，而这些过程成为世界互联和数据分析的基础。在这样的背景下，谷歌公司开启了 Noto 家族字体项目。Noto 字体家族依其开源协议供无条件免费商用，旨在提供完全覆盖国际字符集标准（UCS）所收全体文种的多语种多文种字库。Noto 字体家族的名称 Noto 意为 No Tofu（无豆腐），即意图消灭计算机上的缺字（缺字时通常呈现为豆腐形方块）现象。

　　国际标准字符集关于收编西夏文字的进程始于 2007 年。当年 5 月，伯克利大学的曲理查（Richard Cook）向 Unicode 技术委员会[8] 提交了第一份西夏文字编码提案[9]。随后，中国、英国、美国、爱尔兰、芬兰、日本、韩国和俄罗斯等国专家参与检查和研究制定，在 2014 年 9 月 29 日举行的西夏文字与契丹大字特别会议上基本同意西夏文字编码方案，与会专家包括中国的陈壮、孙伯君、聂鸿音，爱尔兰的叶密豪（Michael Everson），英国的魏安（Andrew West），日本的铃木俊哉（Toshiya Suzuki）和美国的德博拉·安德森（Deborah Anderson）。2016 年 5 月，国际标准字符集[10] 正式收录一批西夏文字，2016 年 6 月进入行业标准 Unicode 9.0，这对西夏文字的信息化研究而言是一个具有历

6　此为前田约翰（John Maeda）所言，原文为 "Design is a solution to a problem. Art is a question to a problem."。前田约翰是美国罗德岛设计学院前院长。

7　克里斯托巴尔·埃内斯特罗萨、劳拉·梅塞格尔、何塞·斯卡廖内：《如何创作字体》，黄晓迪译，中信出版社，2019，第 105 页。

8　Unicode Technical Committee，简称 UTC。

9　曲理查（Richard Cook）《将西夏文字收入 UCS 第一平面的提案》（*Proposal to Encode Tangut Characters in UCS Plane 1*），L2/07-143~145 = WG2 N3297，http://std.dkuug.dk/jtc1/sc2/wg2/docs/n3297.pdf，访问时间：2021 年 4 月 8 日。

10　标准号为 ISO/IEC 10646，2016 年 5 月发布的版本号为 ISO/IEC 10646:2014/Amd.2:2016。参见 https://www.iso.org/standard/66791.html，访问时间：2021 年 4 月 8 日。

史意义的时刻，至此西夏文字符终于可借助标准编码达成更好的传播和共享。

在西夏文字被收编之前，独立学者游程宇在个人网站"古今文字集成"[11]上这样描述："过去曾经存在过不少西夏文字体，如景永时字体、韩小忙字体、柳常青字体、日本今昔文字镜字体，中国台湾也推出了一款字体。这些字体的共同特点是占用汉字的字符集码位，从而在 Word 应用里使用时必须不停切换字体，否则会显示为汉字。而且这些字体互不兼容，如果设置不当则会出现乱码，影响阅读。"

西夏文字被收编后不久，谷歌公司委托字库厂家设计了初版 Noto 西夏宋体，于 2019 年发布。笔者猜测初版 Noto 西夏宋体的设计风格之所以确定为与"Noto 宋体"（即"思源宋体"）相同，是为了更方便与世界上其他文种匹配。而初版字体发布后，立刻引起相关专家关注，并遭东西方西夏学界的严厉批评。

笔者所属设计团队最初因其美感问题注意到了这个字体。不久，在得知团队有机会对该字体进行纯公益的再设计时，在对收益与文化责任、历史责任、社会责任进行权衡后，团队选择后者并接下该项目。项目推进中团队遇到的问题远非简单的外观方面，走访调研中团队领悟的西夏文字构造细节则充满魅力与设计挑战。团队对原设计进行整体修改和升级，使字体呈现西夏特有的美学特征，由于"Noto 西夏宋体"是正文字体，因而必须设计正确而完整的字符集，并开发适用于长文本、小字号阅读和光学识别（OCR）的现代字体。

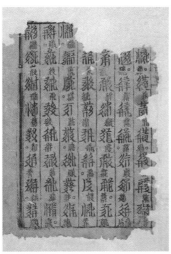

图 1

（二）西夏文现有字库的开发情况

西夏文字是一种仿汉字而创制的方块状表意文字，这种和汉字具备发生学关系、单字在文本中的行为表现与单个汉字类似的文字称为"汉字系文字"。每个西夏文单字的笔画数基本为 5 画至 20 画，并集中于 10 画左右，因此文字构成的版面灰度较汉字更均匀（图 1）。出土文献和传世文献中的文本绝大多数为楷书风格，斜笔较多。单字结构依其理据可分为独体结构、上下结构、上中下结构、左右结构、左中右结构、半包围结构等（图 2）。

目前符合国际标准字符集的字库有 7

11　参见 www.ccamc.co，访问时间：2021 年 4 月 3 日。

图2　西夏文单字结构（文献图片来自大英图书馆）

种，分别为 Tangut N4694 字体[12]、新西夏字体（new Tangut std）、Tangut TWU 字体、日本今昔文字镜（Mojikyo Tangut）字体、BabelStone Tangut Wenhai 字体[13]、Tangut Yinchuan 字体[14] 和再版 Noto 西夏宋体。这些字体的风格大多为楷体，其中 Tangut N4694 字体和 Tangut Yinchuan 字体是以景永时和贾常业设计的西夏文字体为基础而改进制作的。图3至图9将以上7种字体进行对比，其中每种字体以相同的字号、行距和栏宽来展示，字体中的缺字使用"豆腐块"符号表示。

计算机在处理汉字系文字的文本呈现时，因其存在横竖排的特性，故泛汉字的字体文件中应当为各字设计等宽、等高的轮廓，这种汉字系文字特有的字宽也称为"东亚字宽"[15]。在目前已有的西夏字体设计中，字身框对齐的字体只有3款，即 Mojikyo Tangut 字体、Tangut Yinchuan 字体和再版 Noto 西夏宋体，字身框和字面框都齐整的只有再版 Noto 西夏宋体；从阅读过程看，版面灰度越均匀的字体具备越好的易读性，因此 Tangut N4694 字体、Tangut Yinchuan 字体和再版 Noto 西夏宋体更胜一筹。

字符集完备性和字形正确性的分析过程由游程宇[16]给出，图3所示的今昔文字镜字体修改自原有的今昔文字镜 M202 字体和 M203 字体，字符集不完备，且存在错误字形。图4所示的新西夏字体修正了原景永时字体的错误字形，并参考《文海》《同音》等典籍，字形错误较少。该字体收录西夏文单字6130个，字符集较完备，但缺少西夏文构件。图5所示的 Tangut TWU 字体修改自原有的"台湾中央研究院"的西夏文字体，共收录 5770 个西夏文单字，缺字较多。图6所示的 Tangut N4694 字体根据相关西夏文提案修正了部分字形错误。该字共收录西夏文单字6145个、构件768个、西夏语译音用汉字8个、西夏文重文符号1个。

12　N4694 的命名来自 Unicode 文件的编号。

13　参见魏安《BabelStone Tangut Wenhai 字体》（*BabelStone Tangut Wenhai*），网址为 https://babelstone. co.uk/Fonts/Wenhai.html。

14　参见魏安《Tangut Yinchuan 字体》（*Tangut Yinchuan*），网址为 https://babelstone. co.uk/Fonts/Yinchuan.html。

15　参见小林剑（Ken Lunde）《东亚字宽》（*East Asian Width*），UAX #11，网址为 https://www. unicode.org/reports/tr11/，访问时间：2021 年 11 月 8 日。

16　参见游程宇《西夏文字体和输入法》，网址为 http://ccamc.co/fonts_tangut.php，访问时间：2021 年 11 月 8 日。

从设计角度看，图 3 所示的今昔文字镜字体虽具有西夏风格，但文字系统整体性较差，文字重心不稳，大小不一。图 4 所示的新西夏字体各笔画的视觉粗细不一，重心不稳，大小不一，字身框不够方正，布白较不均匀。图 5 所示的 Tangut TWU 字体笔画圆润，毛笔书写的风格强，但笔画粗细不均，小字号下不容易辨识，文字系统整体性较差，文字重心不稳，大小不一，布白不均匀。图 6 所示的 Tangut N4694 字体字形笔画圆润，具有书写风格，笔画粗细均匀，小字号下容易辨识，文字重心较高，布白均匀，整体美感稍好。

图 7 所示的 Tangut Yinchuan 字体与 Tangut N4694 字体同源，是此次 Noto 西夏宋体再设计时的字形参考基本资料。从设计的角度来看，该字体笔画圆润，具有书写风格，笔画粗细、布白较为均匀，但文字重心不稳。图 8 所示的 BabelStone Tangut Wenhai 字体扫描自西夏文字典《文海》，缺字较多。该字体笔画随性，毛笔书写风格强烈、书写速度较快，笔画粗细不均匀、顿笔笔画较粗，小字号下不容易辨识，文字重心不稳，字身框不够方正，布白不均匀，整体美感不够好。

图 9 所示的再版 Noto 西夏宋体更新了最新发布的字符集，包含西夏文单字 6145 个、构件 768 个、地图符号 2 个，具备完备的字符集。除对原设计进行增补外，设计团队根据《西夏文字符轮廓订正》[17] 这份参考文件全面修改大量西夏文字形。此外，设计团队重新设计了国际标准字符集收录的两个建筑符号。从设计角度看，该字体是目前唯一一套非书写风格字体，笔画横细竖粗，文字重心统一，字身框呈明显方形，布白均匀，整体美感较好。这套字的设计思路和方法将于后文介绍。

图 3

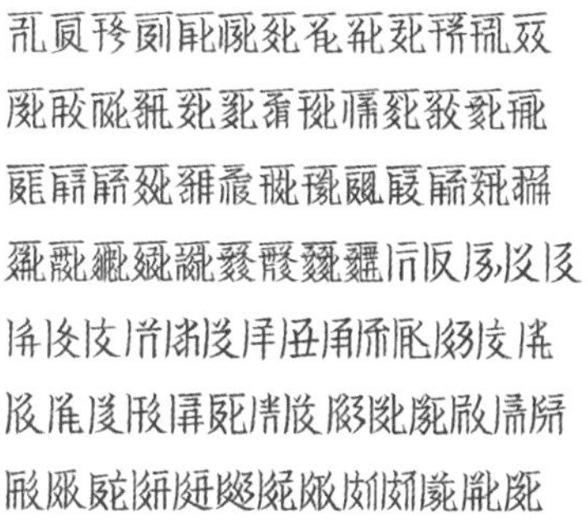

图 4

图 3　今昔文字镜字体（字体来自古今字集成，网址为 http://www.ccamc. /fonts_tangut.php）

图 4　新西夏字体（字体来自古今字集成，网址为 http://www.ccamc. /fonts_tangut.php）

17　魏安（Andrew West）、维亚切斯拉夫·扎伊采夫（Viacheslav Zaytsev）《西夏文字符轮廓订正》（*Tangut Glyph Modifications and Corrections*），WG2 N5134，http://www.unicode.org/L2/L2020/20166-n5134-tangut.pdf，访问时间：2021 年 4 月 5 日。

图 5

图 6

图 5　Tangut TWU 字体（字体来自古今文字集成，网址为 http://www.ccamc.co/fonts_tangut.php）

图 6　Tangut N4694 字体（字体来自古今文字集成，网址为 http://www.ccamc.co/fonts_tangut.php）

图 7

图 8

图 7　Tangut Yinchuan 字体（字体来自魏安个人网站，网址为 https://babelstone.co.uk/Fonts/Wenhai.html）

图 8　BabelStone Tangut Wenhai 字体（字体来自魏安个人网站，网址为：https://babelstone.co.uk/Fonts/Wenhai.html）

图 9

图 9　再版 Noto 西夏宋体（图片杨翕丞提供）

二、Noto 西夏宋体再设计的设计方法

Noto 西夏宋体再设计过程面临极大困难。

其一，字体开发工作量较大，因其字符数较多，字形结构较复杂，笔画穿插较密切，设计团队共花费约 16 个月的时间完成设计和封装测试工作。

其二，由于现今可见的西夏文文献绝大多数为楷体风格（如图 10 至图 16 所示），按要求制作更符合现代审美的西夏宋体本身便具备创新性。

其三，设计者先前不认识西夏文，在西夏文中形式类似，但含义、理据不同的单字在设计过程中容易混淆，为将这些字形全部设计正确则须要团队和专家顾问仔细检查、反复比对。

其四，西夏文倾斜笔画较多，在倾斜笔画本身所带来的笔画粗细约束下，必须着重处理单字间重心平稳、单字内白空间布局和小字号呈现下的清晰度等要求。

其五，西夏文没有经历过现代西式活版印刷的历程，即便有传闻在民国期间曾经有人尝试做聚珍仿宋风格的西夏文铅活字，但至今未找到实物证据或印刷品。所以即使假设它们曾存在过，对现代人设计西夏字体也无经验信息可供参考，因而上文所述的先前对西夏字体开发进行探索的实践者们具备极强的探索精神。由于当时字符集、编码理论和字体设计相关的专业知识较为匮乏，因而有必要客观看待现有的字体。

由此，Noto 西夏宋体再设计的设计过程大致分为匹配设计、纠正错误、视觉优化。

图 10

图 11

图 10　西夏文草书佛经长卷局部（图片由陈一玮提供，2021 年 7 月摄于宁夏回族自治区博物馆）

图 11　"首领"铜印，篆书（图片由刘提供，2021 年 7 月摄于位于西夏王陵遗址内的西夏博物馆）

图 12

图 13

图 14

图 15

图 16

图 12　西夏文朱印手抄文书（图片由杨鑫丞提供，2021 年 7 月摄于武威市博物馆）

图 13　武威凉州护国寺碑，篆书、楷书（图片由刘钊提供，2021 年 7 月摄于武威西夏博物馆）

图 14　《佛说观弥勒菩萨上升兜率天经》（图片由杨鑫丞提供，2021 年 7 月摄于甘肃省博物馆）

图 15　居庸关云台题刻（图片由杨鑫丞提供，2020 年 11 月摄于北京居庸关）

图 16　西夏文活字版《德行集》卷首（背面）（图片由陈一玮提供，2021 年 7 月摄于位于西夏王陵遗址内的西夏博物馆）

（一）匹配设计

Noto 西夏宋体按要求须与 Noto 宋体相匹配。因西夏文属于汉字系文字，因此在内在结构上 Noto 西夏宋体的单字须与宋体汉字相匹配。为使阅读过程平稳流畅而不产生跳跃感，第一步应使不同文种对应的字符轮廓具备统一的基线（图 17）。

图 17　Noto 西夏宋体的基线修改过程及其与 Noto 宋体的混排效果，上图为原版效果，下图为再设计效果

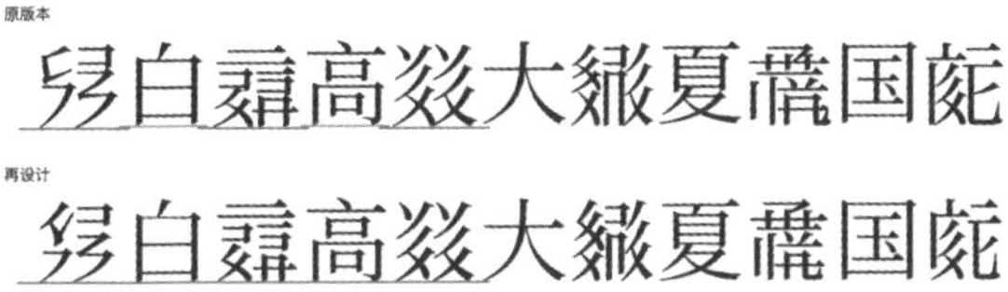

第二步，由于西夏文的单字中通常包含较多的横画和撇捺，在以图 18 为代表的西夏文历史文献中，西夏文单字通常显得瘦长。因此再版的 Noto 西夏宋体在字面率上与 Noto 宋体相同，而字身框略窄于后者，呈长方形（图 19）。这一调整在保持等高和视觉大小接近的同时，符合西夏文单字的书法性美学。

图 18　《同音》丁本[18]

图 19　Noto 西夏宋体与 Noto 宋体的字宽对比，自左至右分别是原版 Noto 西夏宋体、Noto 宋体、再版 Noto 西夏宋体

图 18

图 19

18　俄罗斯科学院东方研究所圣彼得堡分所、中国社会科学院民族研究所、上海古籍出版社编《俄藏黑水城文献　西夏文世俗部分 7》，上海古籍出版社，1997。

　　第三步，为统一西夏文单字的视觉大小，团队通过调整单字轮廓的"第二中心线"[19]，以统一单字的中宫，使其与 Noto 宋体的视觉大小接近。如图 20 所示，采用 1 字身宽等于 1000 单位的量度时，以 Noto 宋体显示的汉字"巍"的内部构件"委"和"鬼"对应的纵向第二中心线间距为 422 单位，故只要将所有左右结构的字的第二中心线距与 422 相比较，即可判断该字与"巍"的视觉大小是否一致。在西夏字体设计中，团队采用该法进行双文种匹配，汉字的纵向第二中心线距为 422：1000，西夏文单字为 410：960，二者比例接近。汉字和西夏文单字的横向第二中心线距都是 447：1000，保持一致。

图 20

图 20　第二中心线度量效果，自左至右分别是初版 Noto 西夏宋体、Noto 宋体和再版 Noto 西夏宋体的中宫

（二）纠正错误

　　根据参考资料，团队发现原版存在不少设计错误，这些错误来自几个方面：

　　第一，笔画缺失。如图 21 所示，原版 Noto 西夏宋体的"𦦨"（u18953）[20]和"𦦔"（u18954）均缺少部分笔画。

　　第二，笔画错误。如图 22 所示，原版 Noto 西夏宋体的"𗴯"（u17D2F）第 6 笔的横折应改为横折钩，"𗘎"（u1760E）第 10 笔的点应改为捺。

　　第三，构件错误，即西夏文单字中的某一部分出错。如图 23 所示，原版Noto 西夏宋体的"𗌮"（u1732E）的左部中间构件被错误地设计为横撇。

　　第四，结构错误。如图 24 所示，原版 Noto 西夏宋体中"𗒖"（u17496）的结构设计成一级上中下结构，而实际结构应该为一级上下结构嵌套二级左右结构；又如"𗙖"（u17656）的结构原版设计成一级右下包围结构嵌套二级左右结构，而实际结构应该为一级左右结构嵌套二级右下包围结构。

19　"第二中心线"理论最早由上海印刷技术研究所的谢培元和陈初伏两位新中国第一代设计师提出，即对汉字的单字调整为统一的、与构件分界线平行的次级构件中心线距，使汉字的结构紧致程度达成一致的设计方法。在早期手写印刷字体字稿的年代，该设计方法有助于使团队建构关于"中宫"概念的量化标准，从而快速达成风格一致，提高效率。

20　描述字符对应的国际标准字符集码位时候使用"U+xxxxx"的格式（如"U+17000"），在描述对应的字符轮廓时则使用"uxxxxx"的格式（如"u17000"），后同。

图 21　"丰"和"帝"原版与再设计的对比

图 22　"苿"和"祷"的修改（文献图片来自《同音》，网址为 https://babelstone.co.uk/Tangut/TongyinLookup.html）

图 23　"篬"的修改（文献图片来自《同音》，网址为 https://babelstone.o.uk/ Tangut/TongyinLookup.html）

图 24　"蕤"和"襛"的修改（文献图片来自《同音》，网址为 https:// babelstone.o.uk/Tangut/TongyinLookup.html）

图 21

图 22

图 23

图 24

（三）视觉优化

团队对原版 Noto 西夏宋体的设计优化体现在如下方面。

第一，笔画穿插。笔画穿插避让设计可以让偏旁、部首和构件相对清晰，提升文字的辨识度。所以在对原版布局的调整中，须尽量避免笔画重叠（俗称"撞笔"）。如撇和竖靠近的时候，我们将竖抬起，为撇让出空间，使撇捺更舒展，使布白更均匀。该部分的实例如图 25 所示，包含例字"覆"（u17AEB）、"懂"（u1795B）和"獻"（u17F59）。

图 25

《同音》　　原版　　再设计

第二，对单字布白进行调整，使其白空间均匀适度。字体设计应注意"计白当黑"，因为白空间会因黑色笔画粗细和密度的影响显得明暗不一，进而影响到版面灰度。如图 26 所示的"㹥"（u1715F）、"㙧"（u17679）、"绕"（u17EE9）和"絲"（u1853E）例字中，每个构件、每个笔画之间的白空间都尽量被考虑到，缩小太大的白空间，放大太小的白空间，在尊重宋体字的风格范式基础上使白空间均匀。

图 26

《同音》　　原版　　再设计

图 25　笔画穿插避让（文献图片来自
《同音》，现藏于大英图书馆）
图 26　布白均匀化（文献图片来自
《同音》，现藏于大英图书馆）

图 27

图 28

图 27　西夏文《佛说百寿怒结解陀罗尼经》（图片由胡阿提·吾兰提供，2021 年 7 月摄于武威市博物馆）

图 28　西夏文彩绘描金云龙纹灰砂岩残碑（图片由刘钊提供，2021 年 7 月摄于位于西夏王陵遗址内的西夏博物馆）

　　对白空间的处理有时只需对笔画进行局部调整，有时则须从印刷品文献中获取设计灵感。2021 年 7 月，设计团队重走陆上丝绸之路前段，展开历程 3000 余公里的田野调查。途经武威、银川和黑水城时，团队观察并研究较多出土碑刻和印刷文献（如图 27、图 28 所示），由此不断加深对西夏字形结构特别是布白决策的认识。

　　第三，斜笔画、交叉笔画的视觉设计。西夏的笔画如斜纹织锦一般，倾斜和交叉是它的特色，也是它的难点。经过对西夏文献的研究，团队在保证字理正确的基础上发现一些笔画处理的特点。有一些笔画无法判断时，团队在用实际阅读字号生成的测试文本中发现问题，让 Noto 西夏宋体在小字号也能清晰得呈现。

　　例如与"𗹬"第 1 笔类似的笔画，楷书风格会灵活地将斜笔减细，而宋体则维持斜笔的全程宽度，如同宋体汉字"乃"的第 1 笔。该构件在宋体风格下空间狭小，小字号下会形成黑块，因此应将该构件第 1 笔右上角的折点向左移动，为交叉笔画让出空间，形成类似等腰三角形的稳定结构。这种处理形成的字形因其风格与文献的处理不同，但由此能解决布白均匀的问题。" 丰 "构件第 1 笔的收笔如果落在横上，则会使其同其他笔画距离过近，当该部件因左右结构被压窄后更是如此。所以团队在征求文字学家意见后，让笔画的收笔落在竖上，如图 29 所示。以上两种处理都让文字肌理更均匀。

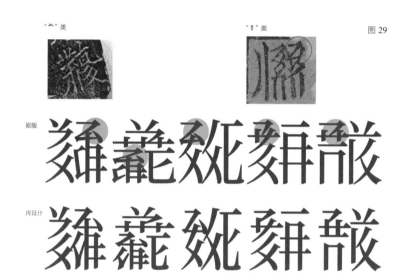

图 29 " 丕 " 类和 " 丰 " 结构的笔画修改前后对比，上为原版，下为再设计

西夏文单字的撇捺，设计师参照文献例字运用菱形结构设计让文字稳定，如图 30 所示。这种菱形结构的书写和处理过程在汉字和女书的设计实践中属于一般经验过程。

图 30 菱形结构（文献图片来自《同音》，现藏于大英图书馆）

除西夏文单字之外，团队还设计了两个建筑符号——窣堵坡符号和佛塔符号（Stupa[21] 和 Pagoda[22]）。建筑符号出现于与西夏相关的文献 [23] 中，因此成为字库的一部分，这同时能体现佛教文化在西夏历史中的重要作用。图 31 中的最右侧两图为团队设计，二者风格更加统一。图 32 及 33 可见两种塔的实际样貌。

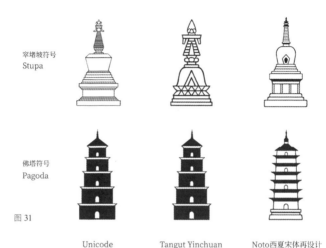

窣堵坡符号
Stupa

佛塔符号
Pagoda

图 31

图 31　各版本建筑符号对比

Unicode　　　　　Tangut Yinchuan　　　　Noto西夏宋体再设计

图 32　黑水城的塔（图片由刘钊提
供，2021 年 7 月摄于内蒙古额济纳旗
阿拉善盟黑城遗址）

图 32

21　Stupa 译为窣堵坡（梵文 :स्तूप, stūpa; 巴利文 :Thūpa），又译卒塔婆、窣都婆、窣堵波、私偷簸、塔婆、率都婆、素睹波、薮斗婆等，对中国影响最深的名称是 " 卒塔婆 "，也就是 " 塔 " 的名称来源……在佛教中因为通常是储放佛陀、高僧舍利所用，故亦称为舍利塔、佛塔、浮屠塔，摘自 https://zh.wikipedia.org/wiki/ 窣堵坡，访问时间：2021 年 4 月 3 日。

22　Pagoda 译为塔，指常见的东方传统建筑，摘自 https://zh.wikipedia.org/wiki/ 塔，访问时间: 2021 年 4 月 3 日。

23　参见魏安《编码五个宗教和文化符号的提案》（*Proposal to encode five religious and cultural symbols*），L2/15-007，https://www.unicode.org/L2/L2015/15007-five-symbols.pdf。文中引用了宁夏拜寺沟方塔和拜寺口双塔的地图。

图 33　万部华严经塔（图片来源于魏安的个人网站，网址为 https://babelstone.co.uk/BabelDiary/2017/09/hohhot-white-pagoda.html）

三、Noto 西夏宋体再设计的创新

在西夏字体项目中，设计团队体会到"想象力是有局限的"。遇到全新的、汉字中不存在的笔画时，设计师需要查阅对比大量古籍文献，和西夏文专家讨论，改进笔画组合和笔画方向，从字源上对各类西夏字体进行转换和认定，"让西夏字体更像西夏"并非一个能简单实现的目标。

（一）西夏文单字的独特构件

团队在西夏文单字中发现一些类汉字构件，这些发现很多来自设计师的细心观察，反向提醒着编码专家重新审视字符结构，甚至须向维护国际标准字符集的组织提交文件，以修改国际标准内的标准字形。经统计，本文总结出以下几个西夏文单字中出现的特殊构件，它们是"及"类构件、"亻"类构件和"夂"类半半包围构件。

第一，"及"（u1886F）类构件。该构件和汉字的"反"接近，容易使人误以为是快速书写导致的起笔降低。在原版西夏字体中该构件被认为是"反"的样式，但各类文献显示该构件并非独体结构，而是上下结构（图 34）。设计师依据文献进行了修改（图 35）。

图 34

图 34　包含构件"及"的西夏文单字的西夏文文献（图片来自大英图书馆和 https://babelstone. co.uk/Tangut/TongyinLookup. html）

u1886F

原版　　　　　　　再设计

图 35　"反"原版与再设计的对比　　　图 35

第二，"彳"（u18889）类构件。汉字设计师会本能地把"彳"当作构件"彳"和竖笔的左右结构形式，但文献中该构件的"彳"对竖笔均构成右下包围（图 36），据此对设计进行修改（图 37）。

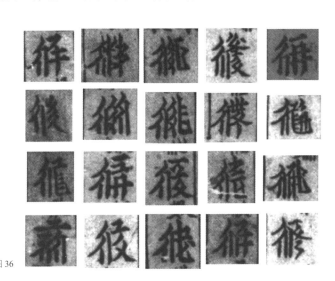

图 36　应用了"彳"的字的西夏文文献（图片来自 https://babelstone.co.uk/Tangut/TongyinLookup.html）　　　图 36

u18889

原版　　　　　　　再设计

图 37　"彳"原版与再设计的对比　　　图 37

　　第三，"夂"（u18844）类半半包围构件，包括"夂"（u18844）、"夈"（u1888D）、"夋"（u18916）、"夋"（u1893C）、"夋"（u18990）、"夋"（u189A3）和"夋"（u189C4）7种。所谓"半半包围"构件，是指在如图38所示的西夏文文献中，这些构件事实上并不构成完全的右上包围，即这些构件末笔的捺部分的收笔处并不收在整字的右下角，而是整字的下部中点处左右。为与右上包围（即"半包围"的一种）相区隔，团队使用"半半包围"一词来描述这一现象，并依此对原设计进行了修改（图39）。

　　由于捺笔部分向内缩，因此被包围的构件会根据多出的空间进行自由延展。这一结构上的细节将惯例（convention）推向极致，展现出字体设计不仅要细心观察，还要进行学理判断的内涵。

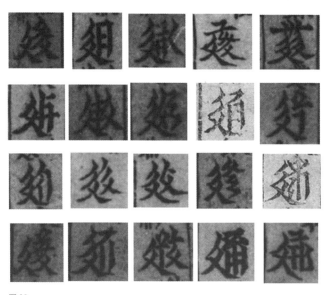

图38

图38　包含"半半包围"结构西夏文单字的西夏文文献（图片来自大英图书馆和 https://babelstone.co.uk/Tangut/TongyinLookup.html）

u18844

u17404

u1888D

u17AFE

u18916

u17B75

u1893C

u1817E

u18990

u182C6

u189A3

u1834E

u189C4

u18481

图 39　原版　　　　再设计　　　　原版　　　　再设计

图 39 "半半包围"的构件和例字的
原版与再设计的对比

（二）布白设计

"𘠡"（u18821）构件的设计过程相当耗时。起初该构件使用宋体汉字的思路，在该构件中建构出两个横部，无论如何微调都无法解决布白问题。通过相关文献调研，团队发现古人在书写该构件时，会顺时针倾斜第二个横部，从而为撇的起笔让出足够空间（图40）。因此团队大胆将该构件进行改变，将方折笔改为具有楷体风格的圆折笔。又因较大的弧度和宋体风格不相符，于是又改回方折笔，并将倾斜的角度修至接近成角透视的菱形（图41）。经过反复试验，最终定稿为现在的样式（图42）。因此最终"𘠡"的结构呈现为"横折斜折钩"。

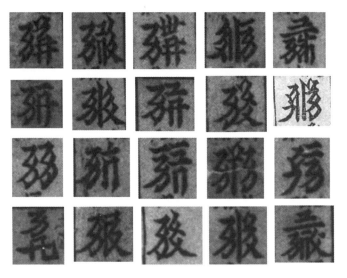

图40

图41

u18821

原版

再设计

图42

图40　包含"𘠡"构件的西夏文单字
的西夏文文献（图片来自大英图书馆
和 https://babelstone.co.uk/Tangu
TongyinLookup.html）
图41　修改过程
图42　"𘠡"原版与再设计的对比

（三）来自理据的启发

游程宇先生对"𘠈"（u18808）这个部件的笔形提出了中肯的修改意见。该笔画的理据类似三点水的点提而非竖提，若按照风格统一的原则，这个构件应设计成思源宋体三点水末笔的样式。但是思源宋体的点提的圆润轮廓在西夏风格中极为突兀，于是我们研究了各种现代宋体和刻本宋体提笔的样式，最终确定了一个更加硬朗的笔形。除此之外，古籍上对这个构件的写法不一，有的撇出头，有的撇不出头，显得比较随意（图 43）。经过与相关专家孙伯君老师和魏安先生的商定，设计团队统一了这类构件的笔形结构（图 44）。

图 43 包含"𘠈"构件的西夏文单字的西夏文文献（图片来自大英图书馆 https://babelstone.co.uk/Tangut/ongyinLookup.html）

图 43

u18808

原版　　　　　　　　　　　再设计

图 44 "𘠈"原版与再设计的对比

图 44

　　以上是团队进行再设计项目的完整修改思路。再设计对原有的全体字形逐一进行调整，并在成品字体发布后受到高度关注，有很多网友比对、下载、评论，同时，几位西夏专家的输入法开发也已经完成。

（四）工程文件的制作

　　为保证笔画轮廓及其粗细的全局稳定性，提高工作效率，Noto 西夏宋体的工程文件使用 Glyphs 应用[24]中的"智能构件"（smart component）功能。在一般轮廓设计中，字符轮廓无法随意抻拉，否则将造成笔画的机械性变形，影响其美感和文字的肌理。而 Glyphs 应用中的"智能构件"功能通过对若干"基准构件"（master component）在一段取值范围（一个"轴"）内进行分段线性插值，使得其在抻拉过程形成的"生成构件"（instance component）保持一定范围内的有机性。

　　为 Noto 西夏宋体设计智能构件的难度主要有三点。

　　其一，确定基准构件。为了防止超过取值范围的插值导致的不确定形状，项目中的基准构件均选为边界构件[25]。找寻这些边界构件对汉字来说相对容易，但对西夏文字而言是比较困难的，因为没有完备的现成字库用于检索。

　　其二，确定内在拆分逻辑，即确定每个智能构件应当对应于西夏文单字内的一个笔画、一个偏旁还是一个构件。再版 Noto 西夏宋体一共使用了 46 个智能构件，基本覆盖了全部字符。有时候，智能构件的功能是通过应用到每个字之后经过修复和微调才能达到完善的。

　　其三，制作带弧度笔画和斜笔画的智能构件，这种困难在设计汉字智能构件或可变字体的实践中同样存在。这种挑战最难攻克，因为这是由智能构件的实现机制的内在决定的。本文中的西夏文每个字是基于 1000×960 的网格设计的，每一个锚点都落在网格上。横画、竖画这类与网格线平行的笔画，制作起来并没有什么难度，应用的过程也十分顺利，它们可以自如变化，计算机可以很准确地将这些锚点落在设计者想让它落在的位置。但是斜笔画没有那么好控制，由于曲线轮廓都是由二次曲线或者三次曲线完成的（图 45），相当于无数个短线组成的视错觉效果，定位点又强制落在每个横纵网格线的交叉点，因此在弧度旋转的时候，定位点的位移有时会导致轮廓的扭曲变形，或者弧度不平滑。所以"智能部件"并不总是智能，最终还需要人来判断和修正，需要对"智能部件"的设置上灵活处理（图 46），一些情况下必须在合理和美感中找到平衡。

24　参见 https://glyphsapp.com/。

25　例如，在设计将构件进行水平拉伸的"轴"时，须确定最宽的构件和最窄的构件，此时须确定的两个构件就成为边界构件。即在设计变形的时候，该工作中总是要确定可能的极端情况，从而界定变形的范围。

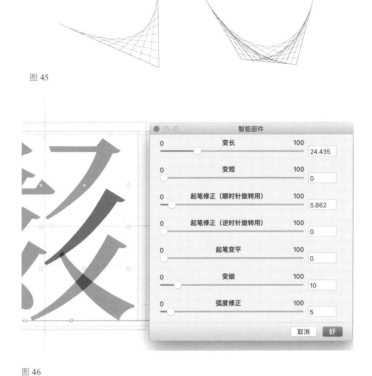

图 45　二次曲线（左）和三次曲线
（右）（图片由陈永聪提供）

图 45

图 46　智能构件的轴与参数

图 46

四、结语

　　抛弃惯性思维，尊重不同文种的文化属性、文字学属性以及审美属性，是这个项目带给团队的启发。大量调研和专家研讨是非常必要的，这也是团队由不同类型的专家组成的原因。成员既可以从设计角度发现国际标准字符集需要修正的地方，对西夏文字形的标准化问题提出自己的见解，也可以从文字学受到启发来修改自己的设计。Noto 西夏宋体再设计是文字学家、编码专家、字体设计师相结合的研究型字体设计项目，也是学院派字体设计的一个典型案例。Noto 西夏宋体再设计项目为西夏文献的数据化、运用各类高新技术进行学理分析起到了一定的基础性作用。

参考文献

[1] 李范文 . 宋代西北方音《番汉合时掌中珠》对音研究 [M]. 北京：中国社会科学出版社，1994.

[2] 史金波 . 西夏文教程 [M]. 北京：社会科学文献出版社，2013.

[3] 贾常业 . 西夏文字典 [M]. 兰州：甘肃文化出版社，2019.

[4] 扬·米登多普 . 文本造型 [M]. 杨慧丹，译 . 刘钊，罗琼，审校 . 北京：中信出版社，2018.

[5] 魏安 . 呼和浩特白塔 [DB/OL].BabelStone Blog，https://babelstone.co.uk/BabelDiary/2017/09/hohhot-white-pagoda.html.

[6] 令犬长，罗瑞灵长 . 同音 [M]. 刻本，1132.

[7] 骨勒茂才 . 番汉合时掌中珠 [M]. 刻本，1190.

[8] 文海 [M]. 刻本，约 12 世纪 .

[9] 魏安 . 西夏文《同音》查字 [DB/OL].https://babelstone.co.uk/Tangut/TongyinLookup.html.

西方人开发韩文活字史概览（1830—1925）

[韩] 刘贤国

孙明远 / 译

刘贤国

　　毕业于日本九州大学，取得设计学博士学位，现任日本筑波科技大学教授、附属图书馆馆长。着力于文字设计、设计学研究。Humanities and Social Sciences 国际编辑委员会成员、HSSC 国际理事、UNESCO University of Forum 历史保存部门特聘讲师、TDC New York 非拉丁部门常任理事、韩国国史编纂委员会海外韩国学资料调查委员等职务。在日本、韩国等出版书籍（含合著）17 本，发表学术论文 78 篇，主持、参与韩国宫中字体（韩文）以及 UD 字体等字体的开发活动。代表作有《ハングル活字の誕生》《ハングル活字の銀河系》《東アジアタイポグラファーの実践》等。

朝鲜高宗的生父、兴宣大院君李昰应（1820—1898）摄政后，于 1864 年1 月至 1873 年 11 月积极推行了"大院君改革"。在其推行的具体改革措施中，除唯才是举、整顿吏治、减轻农民与商人的负担等之外，还宣布天主教为邪教并予以镇压，从而引发了朝鲜半岛历史上最严重的宗教迫害事件，即"丙寅迫害"。在丙寅迫害之中，包含 9 名法国传教士在内，超过 8000 人遭到虐杀。其后，外国传教士被迫转到中国、日本等地积极翻译韩文圣经、创设印刷所、开发韩文活字，伺机向韩国传教。

外国传教士是韩国西式活版印刷技术的先驱者，他们的活字开发、印刷出版活动极大地促进西式活版印刷技术在韩国的普及。外国传教士使用汉字和韩文混用（汉谚混写）文体刊行宗教书籍，其对韩文活字的开发在韩国文字设计史上具有极为重要的意义。

本文将分别追迹天主教朝鲜教区印刷所及基督教新教的圣经印刷、出版活动，并整理其历史成果。

一、天主教传教士的韩文活字开发活动

天主教向朝鲜的传播，源于传教士的中文圣经翻译活动。以 1784 年朝鲜教区创立为契机，天主教在朝鲜的大规模传教成为可能。传教士积极利用各种宗教书籍不断拓展其在朝鲜的势力范围。这一时期，翻译为汉文的宗教书籍达358 种，其中 120 种以上在 1801 年前传入韩国。天主教传入朝鲜初期的主要传教对象为知识分子阶层，最广为人知的是意大利人、耶稣会传教士的利玛窦（Matteo Ricci，1552—1610）所著的《天主实义》（1595 年）。因一般朝鲜民众无法阅读汉文，为向民众传教，早在 1787 年以前就曾有传教士尝试韩文的圣经翻译。1876 年，菲利克斯·里德尔（Felix Clair Ridel，1830—1884）主教与传教士们得以再度入境朝鲜，在重建教会的同时，最为紧迫的工作之一就是韩文宗教书籍的印刷、出版。然而因朝鲜没有近现代活版印刷技术，各类宗教书籍不得不在朝鲜境外印刷。

1878 年至 1881 年，传教士们先在日本横滨展开印刷、出版活动，其后的1881 年至 1885 年又在日本长崎设立朝鲜教区印刷所，开始制造韩文活字并以之大量印刷宗教书籍输出至朝鲜教区。以下大致整理曾不为人知的天主教朝鲜教区印刷所从创立至迁移的过程。

19 世纪 70 年代，天主教教义的韩文翻译及出版活动进入蓬勃发展时期。其中最为广泛普及的代表著作有丁若钟（1760—1801），于 1786 年至 1801年间以雕版印刷刊行的最初的韩文教义《主教要旨》。而在丙寅迫害时期，仅1801 年被收押、销毁的韩文书籍共 83 种 11 册 128 本，汉文书籍为 37 种 66册 71 本。早在法国传教士里德尔神父被任命为第 6 代朝鲜教区主教时，因为朝鲜的闭关锁国政策，传教士只能盘踞在中国辽宁省岔沟（今辽宁省海城市岔沟镇）谋求进入朝鲜的路径。此后，位于岔沟的圣母堂（Notre Dame de

Neige）成为天主教朝鲜教区的前哨站，传教士在此学习韩文以及朝鲜的风俗准备随时进入朝鲜传教。

最初的天主教朝鲜教区印刷所"圣书活版所"于 1881 年 11 月创立于长崎，1885 年 11 月迁移至首尔。丙寅迫害后，因地缘影响，位于辽宁省岔沟的朝鲜教区代表部的作用降低，面临被废除的命运。其重要的原因之一是，从数年前开始，朝鲜教区已经开通从长崎至釜山的通路，确保日本与朝鲜之间人员、物品的安全往来。事实上，已经有朝鲜神学生利用日本轮船先期抵达长崎，在大浦天主堂跟随法国传教士贝尔纳·珀蒂让（Bernard-Thadée Petitjean，1829—1884）学习拉丁文。

1881 年 9 月末，受里德尔主教指示，科斯特神父（Coste, Eugene Jean George, 1842-1896）决定迁移岔沟朝鲜教区代表部经理部至长崎，并在长崎的大浦天主堂地下室设立朝鲜教区代表部印刷所。朝鲜教区代表部开始步入新的发展时期。朝鲜教区代表部位于大浦天主堂西侧，由多罗神父（Marc Marie de Rotz，1840—1914）设计于 1875 年的木质红砖西洋建筑中。该建筑现在仍保存完好，原本是为培养日本神职人员创办的学校，地上三层用于教师的住宿，地下一层则是教区办公室和印刷所。

横滨法国租界的法文报纸《日本回声》（L'Echo du Japon，1875—1882）负责人史蒂芬·萨拉贝勒（S. Salabelle）在将报社迁移至上海之前，得知朝鲜教区印刷所在长崎设立，于是将法文活字和英文活字销售给科斯特神父。1881 年 11 月 19 日，科斯特神父备齐印刷设备，从东京筑地活版印刷所购入五号汉字活字以及五号韩文活字（图 1），又委托其开发二号韩文活字。他兼任朝鲜教区代表部会计和印刷负责人，长崎朝鲜教区印刷所开始运行。特别是第 7 代朝鲜教区主教勃朗派遣 3 名朝鲜籍印刷技术人员及木活字（大型字 1461 个，小型字 1201 个）后，朝鲜教区印刷所揭开了新的历史帷幕。然而，因当时长崎没有装订设备，所以书籍的装订可能在东京完成。

图 1

图 1　长崎朝鲜教区印刷物中的五号韩文活字

从 1881 年 11 月 21 日至 1885 年 11 月，长崎朝鲜教区印刷所共运营约 4 年时间，以木活字以及金属活字刊行韩文宗教典籍，依次为《天主圣教工课》（1881 年，第 3 版）、《神命初行》（1882 年，第 2 版）、《悔罪直指》（1882 年，第 2 版）、《省察记略》（1882 年，第 2 版）、《周年瞻礼广益》（1885 年，第 2 版）等。

1885 年 10 月，教区决定关闭长崎朝鲜教区印刷所，同年 11 月 1 日，在教区主教勃朗的指示下，决定将印刷设备与活字移送至朝鲜。在时任仁川税关长官穆麟德（P. G. von Moellendorff，1847—1901）的帮助下，同年 11 月 15 日，印刷设备与韩文活字进入朝鲜，最终抵达首尔。1886 年，因缔结《韩法修好通商条约》，传教士在朝鲜的传教权获得承认，朝鲜教区印刷所又创立于首尔贞洞地区。1887 年，钟岘圣堂（1945 年后更名为明洞圣堂）建设完成，1888 年印刷设备搬迁至此，此后仅使用新式韩文活字印刷宗教类书籍。

从 1868 年里德尔主教开始执笔《韩佛字典》至 1888 年创立首尔钟岘圣堂活版印刷所的年表可以大致整理如下。

1868 年，里德尔主教开始撰写《韩佛字典》，勃朗神父开始撰写《韩语文典》。

1876 年 4 月 9 日，里德尔主教指示科斯特神父调查印刷所设立地。

1876 年 4 月 26 日，里德尔主教和勃朗神父分别撰写完成《韩佛字典》《韩语文典》。

1877 年 3 月，里德尔主教任命科斯特神父为印刷所负责人。

1877 年 9 月 16 日，里德尔主教进入朝鲜。

1878 年 1 月 28 日，里德尔主教被朝鲜政府逮捕，同年 6 月 11 日获释，7 月 12 日到达中国东北地区。

1878 年 4 月 25 日，在里德尔主教指示下，科斯特神父到达横滨。

1878 年 5 月，科斯特神父通过东京筑地活版制造所购入五号汉字活字、五号韩文活字，并委托其开发二号韩文活字。从《日本回声》社购入法文及英文活字。

1880 年 12 月 11 日，《韩佛字典》500 部印刷完成。

1881 年 5 月 21 日，《韩语文典》500 部印刷完成。

1881 年 9 月，里德尔主教指示在长崎设立朝鲜教区代表部与印刷所。

1881 年 11 月，科斯特神父到达长崎。

1881 年 11 月，长崎朝鲜教区印刷所及印刷设备开始启动。

1881 年 12 月末，印刷完成《天主圣教工课》（第 3 版）并运至朝鲜。

1882 年 2 月，第 7 代朝鲜教区主教勃朗派遣 3 名朝鲜籍印刷技术人员及木活字（大型字 1461 个，小型字 1201 个）抵达长崎朝鲜教区印刷所。

1882 年 10 月，长崎朝鲜教区印刷所以木活字印刷《神命初行》《例规》并送至朝鲜。

1882 年—1884 年，长崎朝鲜教区印刷所以金属活字印刷《神命初行》（第 2 版）、《悔罪直指》（第 2 版）等。

1885 年 4 月，长崎朝鲜教区印刷所以金属活字印刷《周年瞻礼广益》（第 2 版）等，同年 10 月，教区决定关闭长崎朝鲜教区印刷所，将活字与印刷设备移送至朝鲜。

1885 年 11 月 15 日，科斯特神父携带印刷设备与活字进入朝鲜。

1886 年 1 月，勃朗主教任命科斯特神父为副主教。

1886 年—1887 年，科斯特神父在贞洞设立朝鲜教区活版印刷所。

1888 年 12 月，朝鲜教区印刷所迁入钟岘圣堂（后更名为明洞圣堂）。

二、基督教新教传教士的韩文活字开发活动

19 世纪初期，为向东亚各国传教，基督教新教传教士以印度、马六甲等地为据点，学习亚洲各国语言，准备翻译、出版宗教书籍。19 世纪末，欧美列强使用武力迫使东亚各国打开国门，新教传教活动在各国正式展开。为了提高宗教类书籍的翻译、出版效率，新教传教士在各地设立传教支部以及印刷所，并派遣专业人员管理和运营。基督教新教传教士向韩国的传教活动之中，最为重要的是苏格兰圣经协会和大英圣经协会。

创立于 1804 年的大英圣经协会于 1860 年在上海创立中国支部，其后伴随传教活动不断扩大，又于 1883 年设立了北部、中部和南部 3 个支部，朝鲜地区属于位于天津的北部支部管辖。

苏格兰圣经协会于 1866 年将英文圣经介绍到朝鲜。为向朝鲜民众传教，1874 年，在苏格兰圣经协会与大英圣经协会的援助下，约翰·罗斯（John Ross，1842—1915）与约翰·麦金泰尔（John Macintyre，1837—1905）跟随平安北道新义州出身的李应赞学习韩文。为刊行《朝鲜语入门》（Corean Primer，1877 年），罗斯委托美国长老会印刷所上海美华书馆开发了 4 种拼合活字（图 2）。

图 2

图 2 《朝鲜语入门》，1877 年美华书馆刊行

《朝鲜语入门》的序言使用 210 个四号（4.6mm）拼合活字，并对子音和母音的拼合方法进行了说明。正文使用中国最初以钢模冲压法开发的 3 种韩文横排版用拼合活字，但因其字形质量低劣，所以可以推测其应是在短时间内紧急制成的。分析正文用拼合活字，从其字迹基本可以判断共有 4 个人书写韩文原稿。经笔者调查，应为从 1876 年就参与翻译的李应赞（？—1883）以及白鸿俊、李成夏、金镇基。该活字的种字雕刻师为徐相崙（1848—1926）。据称，徐相崙曾陪同友人去中国东北经商，但其后杳无音信。家人历经千辛万苦才找到他，但当时他已经身患重病、生命垂危，在英国传教士的医院中。经麦金泰尔牧师的精心照料他才转危为安。徐相崙就此洗礼成为教会忠诚的信徒，并利用他所擅长的雕刻技术为《朝鲜语入门》雕刻了正文用拼合木活字（图3）。然而，拼合活字无法满足印刷需求，传教士不得不考虑开发新的活字。

图3

图 3　徐相崙雕刻的正文用拼合木活字

（一）韩文三号活字的开发

最初用于纯韩文圣经的三号韩文活字，是 1880 年东京筑地活版制造所在李应赞的原稿以及徐相崙雕刻的木活字基础上以电镀法制作的。此后，在中国籍印刷工人以及金青松的协助下，纯韩文圣经得以顺利出版。该韩文圣经中使用的活字，基本再现了 1876 年罗斯牧师最初出版的中文教材《满语入门》（*Mandarin Primer*）。《满语入门》正文共 43 科 112 页，由 1400 篇文章构成。《朝鲜语入门》共 23 科 89 页，由 800 篇文章构成，而其中的 680 篇完全模仿《满语入门》。其后，罗斯牧师进一步修订了《朝鲜语入门》的内容，利用东京筑地活版印刷所的三号韩文活字，在中国沈阳的"文光书院"以《朝鲜语会话》（*Korean Speech with Grammar and Vocabulary*，1882 年）为名再次刊行。罗斯牧师翻译时，参考了 1863 年上海美华书馆由布里奇曼翻译的中文《新约全书》。就具体的翻译方法而言，首先是朝鲜人译者将中文圣经翻译为韩文，其次再依据韩文译稿，对照希腊文和英文圣经进行修订，然后再对照希腊文圣经进行反复校对。

在等待韩文圣经译稿完成的 2 年间（1879—1881），罗斯牧师在返回英国之前制作了三号韩文字。罗斯牧师将活字设计图发往位于横滨的苏格兰圣经协会，并委托东京筑地活版制造所进行活字开发，苏格兰圣经协会资助了活字开发的费用。因 1879 年刊行的东京筑地活版制造所《活字见本帐》中刊载有该三号韩文活字（图 4），所以可知其开发于 1879 年之前。

　　1880 年 6 月 1 日，在驻日本总务李力（Robert Lilly）的斡旋下，东京筑地活版制造所将制成的韩文活字送至麦金泰尔牧师处。三号韩文活字包括 35 563 个韩文音节，其制作以及运送费用为 25 磅。三号韩文活字为楷体风格，在罗斯牧师的强烈要求下，并未采用拼合活字，而是正方形活字。

 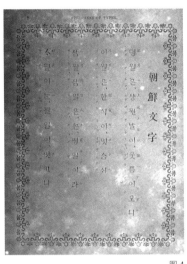

图 4

图 4　东京筑地活版制造所的《活字见本帐》中的三号韩文活字，1879 年

（二）罗斯牧师与活版所"文光书院"

　　经过在英国的短暂休假后，罗斯牧师于 1881 年 5 月抵达中国营口，并接受了苏格兰圣经协会 130 磅的援助费用购入了哥伦比亚（Columbian）印刷机，在中国沈阳创立了文光书院。文光书院初期的职员中包括罗斯牧师、麦金泰尔牧师以及 2 名中国籍印刷工、2 名朝鲜籍印刷工（金清松、刘春川）。罗斯牧师原本计划使用苏格兰圣书协会的援助运营书院，但因该协会财政困难，其后转而接受大英圣书协会的援助。文光书院一年的运营经费约 30 磅，其中包含人工（印刷工 2 人、选字排字工 2 人、翻译 2 人）、纸张、油墨、燃料费用等。

　　1881 年 10 月，文光书院实验性地印刷了 4 页的《耶稣圣教问答》和《耶稣圣教要领》。罗斯牧师送往苏格兰圣书协会的信件中记述因在日本制作的活字数量不足以致印刷不得不延期。在实验性印刷的基础上又经八九次修正，罗斯牧师于 1882 年 3 月和 5 月，分别印刷了《耶稣圣教路加全书》和《耶稣圣教约翰全书》各 3000 部。1883 年 10 月，罗斯牧师又以《耶稣圣教约翰全书路加弟子行传》进行了新的版式印刷实验。

　　其后，1884 年刊行的《耶稣圣教马太》《耶稣圣教马可福音书》，1886 年刊行的《耶稣圣教马太》等均以三号韩文活字印刷且其正文均无行间距。

　　早在 1881 年，罗斯牧师就深刻地感受到五号活字的重要性，为此分别于 1884 年和 1886 年从上海购入了小型活字。主要原因在于，相较三号活字，五号活字可以极大地减少书籍的页数，从而大幅降低纸张的使用，节省印刷成本。

　　伴随韩文圣经需求的增加，罗斯牧师向大英圣书协会申请援助购买了当时最大版型的哥伦比亚（Columbian Eight Double）印刷机并以其于 1887 年使用三号、五号韩文活字印刷了 5000 册韩文《新约耶稣圣经》（图 5）。

　　如前所述，罗斯牧师的印刷出版事业先后由苏格兰圣书协会、大英圣书协会承担。据大英圣书协会的年报，从 1882 年至 1893 年，罗斯牧师共出版了福音书、新约圣经等 9.4 万余册。就传播途径而言，文光书院的韩文圣经在沈阳印刷，经丹东进入朝鲜。

图 5

图 5　纯韩文《新约耶稣圣经》以及混用的三号、五号活字，1887 年

（三）美国圣书协会在日本的活动及李树廷的作用

1816 年创立的美国圣书协会（ABS）主要经营圣经的翻译、出版和发行，于 1876 年在日本横滨创立分部。虽然美国的传教士热衷于对朝鲜传教，但因壬午军乱（1882 年），所以卢米斯（Henry Loomis，1839—1920）牧师决定将传教基地设立于日本。

卢米斯牧师于 1872 年进入日本，是横滨第一长老公会（现横滨指路教会）的第一任神父。当时在日本共有 4 种圣经，即最初在中国翻译的汉文文理本、有训点的汉文本、日文译本、英文日文混排本，但并无韩文版本。于是，卢斯牧师在李树廷（1842—1886）的帮助下，开始开发韩文圣经。在李树廷赴日与卢米斯牧师的交往中，安宗洙起到了很大的作用。安宗洙曾参加朝鲜视察团第 2 次绅士游览团访问日本，回国后在朝鲜政府中担任顾问，结识了李树廷。其后，在安宗洙的帮助下，李树廷跟随朝鲜视察团第 3 次绅士游览团抵达日本，在东京外国语学校任朝鲜语教师并开始学习圣经。1883 年，李树廷加入横滨指路教会，成为在日本首个受洗的朝鲜人。1883 年 5 月，卢米斯牧师与李树廷结识，并劝说李树廷将日文圣经翻译为韩文。李树廷旋即同意这一请求，于 1883 年翻译完成《马可福音》，在美国圣经协会的援助下出版刊行。两年后，卢米斯牧师成为美国圣书协会朝鲜支局局长，更全力关注宗教类书籍的韩文翻译工作。

为向朝鲜的知识分子阶层传播教义，1884 年卢米斯牧师委托李树廷翻译《悬吐汉韩新约圣经》。《悬吐汉韩新约圣经》的排版方式非常激进，在汉字的旁侧标注了韩文发音，正文中的固有名词则在尽可能的情况下表示希腊文原文发音。1886 年 6 月在东京出版的《近世朝鲜情感》是描绘大院君镇压天主教的野史，该书中的汉字也标注了韩文发音。

1884 年 4 月，李树廷又使用汉谚混排的韩文翻译了《马太福音》，之所以采用汉谚混排，李树廷认为这种文体可更为明确地传达圣经的含义。

安德伍德和阿彭策尔于 1887 年在朝鲜国内创立了"圣书翻译委员会"，1887 年 4 月又更名为"韩国圣书翻译委员会"，其主要工作是监督韩文圣经的翻译和出版。"韩国圣书翻译委员会"最初的工作是修订李树廷翻译的汉谚混排《新约马太福音书谚解》。虽然安德伍德携带修正后的原稿赴日本，与苏格兰圣书协会、大英圣书协会、美国圣书协会商议共同出版，但是大英圣书协会、美国圣书协会为单独出版韩文圣经（图 6），明确表示无法支持。苏格兰圣书协会则于 1887 年在横滨刊行了韩文版《马可传福音书谚解》（图 7）。

图 6

图 6 《新约马太福音书谚解》中使用
的四号楷体活字，1885 年

图 7

图 7 《马可传福音书谚解》中使用的
□号楷体活字，1887 年

三、韩文活字的种类

传教士开发的各类韩文活字可分为以下各类。

（一）正方形活字

保存在长崎的诹访神社的四号正方形木活字（图 8），应于 1870 年年末制造于上海美华书馆，在姜别利赴日时带往长崎。在总数达 3300 个四号假名活字中，有 74 个活字的背面刻韩文，应为韩文活字雕刻的习作。诞生于东亚汉字文化圈的韩文，当然会跟随汉字的传统设计为正方形，另一方面应该也出于对与汉字混排的考量。

图 8　四号正方形木活字

图 8

（二）拼合活字

西方人曾开发汉字拼合活字，以极大地减少需要雕刻的汉字数量。虽然比不上汉字，但是韩文字母数量也较多，且笔画复杂，拼合活字解决了必须大量铸造活字的难点。可以通过少数的要素分别组成不同的活字，再通过自由组合，生成更多的韩文字母。这既符合单音文字要素组成音节文字的韩文构成原理，同时也是注重效率的产物。这极大地解决了韩文活字制造时间和成本的问题，也不需要大量的空间来储存活字。

早在 1864 年，法国王立印刷所就依据东方学学者莱昂（*Léon de Rosny*，1837—1914）的提案制成正文用 16 点韩文活字（图 9）。1876 年奥地利维也纳王立印刷所刊行的活字样本《世界字母文字大全》（*Alfabete Des Gesammtenerdkreises*）中收录了 120 个国家语言的活字，其中刊载了被称为 Coreanisch 的 24 点韩文拼合活字（图 10）。

迄今为止可见的韩文拼合活字，大致分为印刷用和笔记用两种，子音字和母音字活字以两种尺寸制造。但是拼合活字致命的缺点是，在组合时字形不美观。

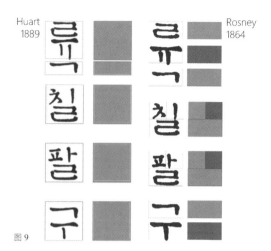

图 9　莱昂的正文用 16 点韩文活字

图 9

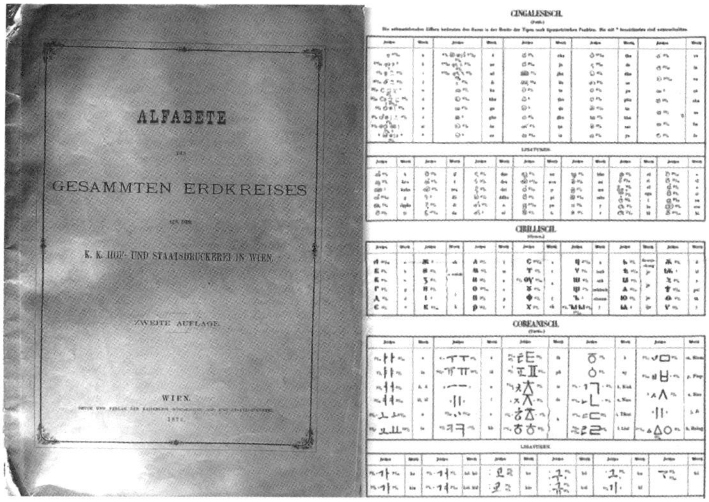

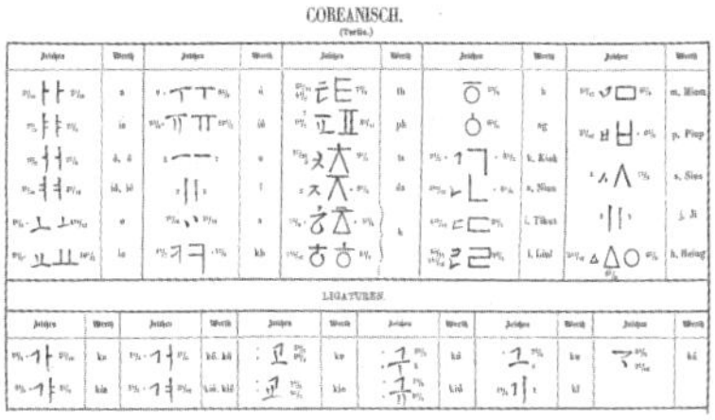

10 《世界字母文字大全》中的 24 韩文拼合活字

图 10

（三）连绵体活字

连绵体是诞生于毛笔书法中的字体，其表现了毛笔在纸面连续书写的痕迹。朝鲜王朝时期，日常文字的书写基本上都属于连绵体，因此西方人考虑开发连绵体韩文活字也并非不可思议。其目的应该是再现手写文字的风貌。

西方最初的韩文连绵体活字出现在1874年以雕版印刷刊行于法国的《朝鲜教会史（上卷）》中，其版木在天主教朝鲜教区雕刻而成（图11）。竖排版的韩文连绵体基线全部位于文字右侧。

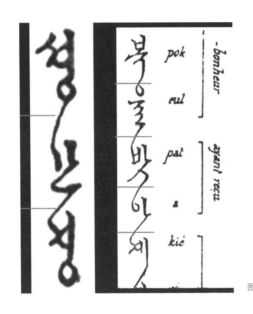

图11

图11 《朝鲜教会史（上卷）》中的连绵体

四、结语

本文中介绍的传教士开发的韩文活字，诞生于韩国近现代活版印刷技术普及的开端时期。传教士们作为先驱者，开发符合近现代印刷技术的韩文活字，刊行韩文圣经，极大地推进了近现代技术在朝鲜的发展以及知识的普及，开创了韩国出版印刷活动的新领域。本文中介绍的传教士各类韩文活字开发可总结如下。

（一）天主教传教士的韩文活字开发活动及其历史地位

因当时朝鲜的各种社会原因以及印刷技术的缺乏，天主教传教士在中国进行各类韩文翻译，并在日本建设印刷所，进行印刷出版活动，将大量的印刷出版物输送至朝鲜。其后，日本的韩文活字又进入朝鲜，当传教士在朝鲜的自由传教权获得认可后，开始使用新式纯韩文活字进行各类印刷和出版活动。天主教传教士开发了正方形二号、三号、四号和五号韩文活字，为其后朝鲜印刷出版事业中的重要媒体。

（二）基督教新教传教士的韩文活字开发活动及其历史地位

为向东亚各国传教，基督教新教传教士在中国周边开发活字，印刷和出版中文印刷出版物。在列强用坚船利炮打开各国大门之后，基督教新教传教士开始创办传教支部向韩国传教。其中，苏格兰圣经协会和大英圣经协会、美国圣书协会的工作最为重要。

基督教新教传教士们在中国、日本等地开发了三号、五号韩文活字，拼合活字，加上此前在欧洲开发的连绵体韩文活字，构成了韩文活字字体的最初面貌。过程中，他们为解决拼合活字中字体狭长、字形崩溃等情况进行了种种探索，特别是在谚解圣经的印刷中，针对汉字和纯韩文排版进行了最初的探索。

本文仅概述了部分西方传教士开发韩文活字的活动，还有大量的资料和历史事实湮没在历史的尘埃之中。这一时期的韩文活字开发活动，是东亚汉字文化圈中活字字体开发的最初成果之一，对今后进一步研究东亚活字印刷有着重要的意义。

民俗学视角下的汉字形音义艺术分析 *

顾军

顾军
（1976—　），男，安徽颍上人，文学博士，广西语言学会理事，桂林电子科技大学广西民族文化外译研究智库研究员，主持了国家哲学社科西部项目、教育部青年项目和省哲学社科一般项目，在各级刊物公开发表论文 40 多篇。

* ［基金项目］2021 年国家社科西部项目"历史语言学视角下的汉语词汇'误解误用义'研究"（21XYY024）。

【摘要】民俗是指一个国家、民族等社会群体在长期的社会生产和生活实践中逐渐形成并世代相传且具有相对稳定性的文化。民俗学则是以民间习俗习惯为研究对象的人文学科，其研究内容非常广泛，包含和传递了深厚的历史底蕴和丰富的文化信息。汉字是形、音、义的统一体，从古至今一直用表意的方式记录汉语，并利用音符、意符等符号将汉字进行了立体的建构。本文以民俗学为视角，结合一些真实用例，对汉字字形、字音和字义的艺术性分别进行分析。希望今后的民俗学研究，能够更多关注汉语和汉字产生的重要影响，进一步将我国的优秀传统文化发扬光大。

【关键词】民俗学；汉字；字形；字音；字义

民俗是指一个国家、民族等社会群体在长期的社会生产和生活实践中逐渐形成并世代相传、具有相对稳定性的文化。通俗地说，就是指民间流行的风尚和习俗等。我国是一个具有悠久民俗传统的国家，人民群众创造了丰富多彩的民俗文化并代代相传，构成了我国传统文化的内容体系。这些民俗与我们的生活息息相关，不但丰富了广大人民群众的生活，还对增强民族凝聚力起到了重要作用。

《辞海》（第七版）这样界定"民俗学"："以民间习俗习惯为研究对象的人文学科。它研究人们在日常生活中以语言、行为、心理、物质形式等方式传承的物质、精神及社会组织等。民俗事项通常分为物质民俗、社会民俗、精神民俗、语言民俗等部分。"由此可见，民俗学的研究内容非常广泛，其中包含和传递了深厚的历史底蕴和丰富的文化信息。各种民俗既各自独立，又相互联系。

汉字是形、音、义的统一体，形、音、义之间相互关联。从古至今，汉字的形体、读音和意义都发生了不同程度的变化，但是汉字的性质并未发生根本变化，都用表意的方式记录汉语，并利用音符、意符等符号将汉字进行了立体的建构。

本文以民俗学为视角，对汉字的形、音、义艺术进行分析。

一、汉字字形的艺术

汉字字形从古到今发生了较大的变化，尤其是经过了隶变这个过程之后，汉字形体由过去的描绘性符号变成书写性符号，面目发生了很大的变化，更加适应书写工具变化的需要。例如甲骨文的"龟"写作"？"，字形中包含了龟的头部、硬壳和四肢，非常具有象形性。到了简化字的"龟"，虽然还有龟的头部、硬壳和尾巴等轮廓，但是象形性已经大为减弱。其他汉字的象形性也或多或少有所减弱。尽管如此，人们还是能够通过部件的排列组合乃至一定的变化感受到汉字字形的艺术性。

（一）异体部件组合

异体部件组合是指用不同的部件组合成新的汉字，汉字中大多数利用异体部件组合的方式构成新的汉字。异体部件组合体现出来的汉字艺术性体现在人名、店名、对联和合文字等诸多方面。

（1）人名

人名是通过语言文字信息与其他个体进行区分的名称符号，有了人名，人类能够进行更加稳定有序的交往，因此人们往往都有属于自己的人名。人名是在语言产生以后才出现的，各个民族对人的命名都有很多习惯，这些习惯往往受到历史、社会、民族等诸多文化因素的制约。

古人往往既有名又有字，所以人名又被称作"名字"。虽然当代大部分人仅仅保留了姓和名而没有字，但习惯上仍然把姓名称作"名字"。我们这里所说的人名不仅包括姓和名，也包括字在内。此外，有人还会根据情况取一些笔名，甚至笔名的影响比原名还要大得多，因此本文所指的人名也包括笔名。

人名通常包含了一定的含义，而且往往包含的是美好的含义，体现了取名者的感情。

例如，男性名常用"猛、强、勇、良、贤、正、柏、桦、松、龙、虎、彪、鸿、鹏、雁、辉、灿、炜、峰、峻、岭、海、江、渊、波、涛、洪、浩、瀚、溥"等。女性的用名，则常为"娇、丽、妍、静、淑、娴、菲、莲、芝、菊、兰、梅、鹃、燕、莺、佳、嘉、懿、璐、琪、瑶、丹、红、素、霞、月、云"等。总的来说，名字作为个人的特称，被赋予了各种美好的愿望和寄托，如崇祖尊儒的观念、对建功立业的追求、对高尚品格的崇尚以及对美好生活的向往等，也反映了汉人特有的文化观念，具有明显的民族特色。

艾青原名蒋正涵（号海澄），是浙江金华人。他在法国留学时，一次到一家旅馆进行住宿登记，旅馆人员问他的姓名，艾青说是"蒋海澄"。由于"蒋海澄"在法文的发音与"蒋介石"接近，而被对方误解为蒋介石，受到周围人的指指点点。艾青一气之下，就在"蒋"的"艹"下面打了一个"×"，恰好组合成"艾"字。在金华话中，"海澄"与"艾青"谐音，于是他在住宿登记时填上了"艾青"。此后，"艾青"这个名字沿用了下来。

舒庆春，字舍予。"舍予"就是由"舒"分开而成，而且表达了"舍弃自我"的意义，抒发了兼济天下的情怀。

田甲申，"甲"和"申"分别是"田"的字形。

在人名中巧妙地利用字形，有利于建立名字之间的联系，非常形象，便于人们记忆。

（2）店名

店名是指店铺名称，即商店和酒店等商业性场所的名称，包括食品类店名（如餐饮店名、咖啡店名和烧烤店名）、服务类店名（如理发店名和美容美甲店名）、休闲类店名（如娱乐场店名）以及其他产品类店名（如汽车店名、服装店名、化妆品店名、手机店名和电脑店名）等。"名正则言顺"，好的店名往往可以起到良好的宣传效果。

"八刀分米粉"（图1）是桂林一家米粉店的商店名。桂林米粉是当地广受欢迎的一种美食，"粉"是由"米"和"分"组合而成的，而"分"又是由"八"和"刀"组合而成的。"八刀分米粉"正是利用了"八""刀""分""米"这几个字作为构字部件，最后组合成"粉"，"粉"及其部件之间环环相扣。而图标中又将"粉"的字形艺术化为山和水的形状，让人想起桂林山水的奇美壮丽，不但富于美感，而且充分体现了桂林的地域特色。

图1

再如深圳市盛千金贸易有限公司旗下的时尚女装品牌"羊大美"（图2）。民间把"美"的字形拆分为"羊"和"大"两个部分，并且有"羊大为美"的说法，时尚女装品牌的"羊大美"就是利用了这种拆字方式。再加上"羊大美"三个字上面的羊头形状，尤其是夸张的羊角，能够给人留下鲜明的印象。

图2

店名中利用异体部件组合的情况虽然并不多见，但一旦使用，往往比较出彩，会给人耳目一新的感觉。

（3）对联

对联是我国汉族的传统文化形式之一，是写在纸、布上或刻在竹子、木头、柱子上的对偶语句。对联对仗工整、韵律和谐，是中华语言独特的文化艺术形式，在民间深受欢迎。例如：

上联：此木为柴山山出

下联：因火成烟夕夕多

上联的"此"和"木"组合即为"柴"，下联的"因"和"火"组合为"烟"。此外，"山"和"山"组合为"出"，"夕"和"夕"组合为"多"。虽然与构字的理据并不太一致，例如"出"的构造方式并不是"山"和"山"的组合，但因其趣味性强而为人们所喜闻乐见。再如：

上联：桃燃锦江堤

下联：炮镇海城楼

上面这一副对联对仗工整，而且上下联的五个字各包含了"金木水火土"，构思非常巧妙。下面这副对联则有异曲同工之妙：

上联：烟锁池塘柳

下联：茶烹凿（鑿）壁泉

这副对联上下联的五个字不但各包含了"金木水火土"，而且在意境上也很契合：幽静的池塘，绿柳环绕、烟雾笼罩；用活水烹茶，韵味悠长、唇齿留香。由此也不难发现"五行"学说在我国民俗文化中的地位。"五行"学说还广泛应用于我国的占卜、中医、戏曲、小说以及民间传说中，影响深远。

（4）合文字

合文字是指把两个以上的汉字经过一定的加工之后重新组合而成的汉字。[1] 合文字多用于节庆等场合，用来表达对家庭和事业等方面美好的祝福。

例如图3中的合文字有：四季安康、欢聚一堂、日进斗金、年年有余、恭喜发财、岁岁平安、三羊开泰、春和景明、八方来财、招财进宝、七星高照、五谷丰登、出门见喜、金玉满堂、吉祥如意、紫气东来、春满人间、五福临门。可以看出，合文字往往并不是把几个字简单地组合在一起，而是进行过一定的改造。例如在"吉祥如意"中，"如"与"吉"共用一个"口"。而在"紫气东来"中，"紫"和"东"共用了"小"，而"东"和"来"的一横连为一体。有的汉字则并不是取其真实的笔画，而只是取其表象，即整体的轮廓。如在"欢聚一堂"中，"耳"的左下角利用了"欢"字的轮廓，而"又"则利用了"堂"字的轮廓，虽无形似之形体，但有神似之妙趣。

图3

再如"唯吾知足"（图4）。

图4

1　有人将"合文字"叫作"合体字"。但本文的"合文字"与人们通常所说的"合体字"在内涵等方面都大不相同，因此使用"合文字"的说法。

在"唯吾知足"中，四个字共用同一个"口"，而且每一个"口"与在这四个字中时的位置都是一致的，具有很强的艺术性。"唯吾知足"反映了知足者常乐的心态，体现了我国古代人民朴素的心愿、寄托和追求，不但构思巧妙，而且寓意深刻。

（二）同体部件组合

同体部件组合是指用相同的部件（包括部件的变体）组合成新的汉字。

独体字	人	牛	羊	鱼	金	木	水	火	土
二字同体组合	从	牪	羘	鱻		林	淋	炎	圭
三字同体组合	众	犇	羴	鱻	鑫	森	淼	焱	垚
四字同体组合	众	犇		鱻	鑫		淼	燚	壵
五字同体组合	众								
六字同体组合					鑢				

由上表可见，同体部件组合的汉字以二字同体组合和三字同体组合的情况最为多见。汉语中的一些部件叠加，组成新的汉字，能够给人以极为整饬的印象。同体部件组合的现象也体现于一些民俗之中。

（1）人名

例如中华人民共和国国歌《义勇军进行曲》的作曲者聂耳，他的姓是"聂"，繁体字写作"聶"，由三个"耳"组合而成的。再加上名的"耳"，一个姓名中出现了四个"耳"，这个名字与他的音乐才华有着密切联系。聂耳原名聂守信，他的听觉特别灵敏，所以有人给他起了一个"耳多"的外号。在一次联欢会上，聂守信表演的节目非常成功，歌舞剧社的总经理想：既然已经有了"耳多"的绰号，何不再加上一个"耳"呢？于是把他称为"聂耳"。聂守信很高兴地对大家说："你们硬要把一只耳朵送我，也好，也好，你看，四只耳朵连成一串不是像一个炮筒吗！"后来"聂耳"这个名字便广为人知了。

吉喆，人名"喆"是由两个"吉"组合而成。

林森，"林"由两个"木"组成，"森"则由三个"木"组成。

昌晶，"昌"的字形包含了两个"日"，"晶"中则包含了三个"日"。

人名中的同体部件组合不但考虑到字形的因素，往往还要考虑到字义的因素，因此应用起来有一定的难度。但是如果能够应用恰当，会起到良好的效果。例如"吉喆"的"喆"与"哲"字相通，有智慧之意（"哲学"就是智慧之学），在名字中可以表示聪明伶俐、才智过人。因此，"吉喆"无论是从字形还是字义的角度来说，都是比较理想的名字。

（2）店名

同体部件组合的汉字整齐划一、结构匀称，往往更加富于美感。店名中如果利用汉字的同体部件组合，往往能够给人留下深刻的印象。

例如"鱻犇羴火锅"店名（图5）包含了"鱻""犇""羴"三个汉字。从字形来看，"鱻"包含了三个"鱼（魚）"，"犇"包含了三个"牛"，"羴"包含了三个"羊"。从意义来看，"鱻"表示滋味美好，"犇"表示奔跑，"羴"表示羊肉的膻味。而从实际应用的价值来看，这里最为主要的是利用了"鱻""犇""羴"三个字的字形中包含了多个"鱼（魚）""牛""羊"以及字形整齐划一的特点，从而能够给顾客留下深刻的印象。

图 5

再如"鑫鑫螺蛳粉"（图6），"鑫"是由三个"金"组合而成的汉字，"金"与金钱有关，"鑫"包含了金多兴盛的意思，所以店家往往选取"鑫"作为店名。"鑫鑫螺蛳粉"这个店名更是把两个"鑫"连用，希望自己的螺蛳粉店能够生意兴隆。再加上"鑫鑫螺蛳粉，一刻也不能等"的宣传语，让人不由得心动。

图 6

（3）对联

在对联中适当使用同体部件组合的汉字，在形式上可以增加美感。例如：

上联：晶字三个日，时将有日思无日，日日日，百年三万六千日。

下联：品字三张口，宜当张口且张口，口口口，劝君更尽一杯酒。

上联的"晶"由三个"日"组成，下联的"品"由三个"口"组成。上联先将"晶"拆成三个"日"，再围绕"日"进行阐述；下联上联先将"品"拆成三个"口"，再围绕"口"进行阐述。该联灵动活泼，且与生活感受结合起来，抒发了人生哲理，令人叫绝。

传说宋朝杜文去磊城赴任，差役踢倒了一个孩子垒的石头城墙，那个孩子随口吟出：踢倒磊城三块石。杜文一时语塞，与夫人耳语后才对出下句：剪断出字两重山。

上联将"磊"拆为三石，下联将"出"拆成两山，对得不错。谁知孩子笑他堂堂知县，却是妇人之见：大丈夫应倚天抽剑，"剪"怎比得"斩"？

在这个故事中，"磊"和"出"都被理解为同体部件组合的汉字而进行了拆分，突出了孩子的文采，而杜文则成了被嘲讽的对象，从而说明了学无止境，即使是年长者也需要向年幼者学习的道理。

与异体部件组合的汉字构成的对联相比，同体部件组合的汉字构成的对联较少，但即便如此，也能给人精神上的享受。

（4）合文字

合文字中使用最多的是"囍"，在婚礼等欢庆节日中经常出现。

"囍"（图7）是剪纸艺术中常用的选材内容之一，其字形会根据需要进行一定的变化。如把其中的"口"变成爱心或者脸部等形状，甚至在周围装饰上鲜花或者动物的图案，富于美感。

图7

二、汉字读音的艺术

（一）同音字

同音字就是语音相同但意义不同的一组字（至少有两个）。语音相同，是指声母、韵母和声调完全相同。

汉字中有不少同音字，例如"蝠—福""伞—散""钟—终""梨—离""琪—琦""轩—萱""晴—情""九—久"。

瓷器（图8）中间的红色汉字是"寿"字，周围的红色是五只蝙蝠的形状，取"五福捧寿"之义。实际上在我国民间的传说中，有"老鼠吃盐变成蝙蝠"的说法，因为这两种动物的确有很多相似之处。而汉语词汇中的"鼠"大多是带有贬义的，例如"老鼠过街，人人喊打""抱头鼠窜""胆小如鼠""鼠目寸光"等。广西谚语中的"老鼠进村庄，猪狗要遭殃""老鼠眼睛望寸光""一只小老鼠，咬坏一袋粮""大堤须防老鼠洞，大树要防钻心虫"等，"老鼠"往往也带有贬义。在西方文化中，蝙蝠的形象甚至与邪恶、魔鬼联系起来，这主要与其丑陋的形象、夜间活动的生活习性以及阴暗潮湿的生活环境有关。而汉语中之所以用蝙蝠表达"幸福"的意义，主要在于"蝠"与"福"两

图8

个字同音。实际上，除了"五福捧寿"之外，民间还有其他一些与"蝙蝠"有关的习俗，例如：将蝙蝠刻于有孔眼的古币上面，寓意"福在眼前"；将蝙蝠刻在寿桃上，寓意"福寿延年"；将蝙蝠和梅花鹿（"鹿"和"禄"同音）、寿桃、喜鹊刻在一起，寓意"福禄寿喜"。

再如，送别人礼物时有一定的讲究：不能送伞，因为"伞"和"散"同音，送伞就意味着送礼物者与被送者要分开；也不能送钟，因为送钟会被理解为"送终"，也是十分不吉利的事情。

对联中也会利用同音关系。例如：

上联：二三四五

下联：六七八九

上联中有"二三四五"，唯独缺少了"一"；下联有"六七八九"，唯独缺少了"十"。因此有人给这副对联加了一个横批：缺衣少食。因为"一"和"衣"同音，"十"和"食"同音，表现了生活窘困的状况。

古诗中也时常利用同音字，例如李商隐《无题》："春蚕到死丝方尽，蜡炬成灰泪始。""丝"与"思"同音，抒发了作者的思念之情。刘禹锡《竹枝词》曰："杨柳青青江水平，闻郎江上唱歌声。东边日出西边雨，道是无晴却有晴。""晴"与"情"同音，该诗表面上是写天气，实际上是写感情。《子夜歌》曰："始欲识郎时，两心望如一。理丝入残机，何悟不成匹。""丝"与"思"同音，"悟"与"误"同音，该诗同样是利用同音关系抒发强烈的感情。《西洲曲》曰："低头弄莲子，莲子青如水。置莲怀袖中，莲心彻底红。""莲子"与"怜子"同音，"莲心"与"怜心"同音。该诗巧妙地将作为物的"莲（莲子、莲心）"与表示爱的"怜"联系起来，感情细腻，令人心动。

（二）近音字

近音字就是读音相近的一组字。

古人常常借助近音字抒发自己的感情。例如，"柳"和"留"的韵母和声母相同，只是声调不同。古人送别亲友时，折柳相赠，暗示留恋、留念的意思。折柳既是一种习俗，也代表着一种情绪。古人还有折柳寄远的习惯，是盼远游亲人早归的意思。这在古诗中多见，如《春夜洛城闻笛》："此夜曲中闻折柳，何人不起故园情！"笛子吹奏的是一支《折杨柳》曲，它抒发的是离别行旅之苦。作者李白听着远处的笛声，不由自主地陷入了乡思。又如《送元二使安西》："渭城朝雨浥轻尘，客舍青青柳色新。""柳"既是写景，又暗寓"留"之意，表达了作者对朋友的留恋之情。

再如，"芙"和"夫"也是近音关系，于是古人便用"芙蓉"代指"夫容（丈夫的容貌）"。例如《子夜歌》中曰："高山种芙蓉，复经黄檗坞。果得一莲时，流离婴辛苦。"芙蓉即莲花，本是大自然的一种植物，这里利用"芙蓉"与"夫容"的读音联系，表达了对丈夫的思念之情。

在日常生活中，有人认为"八"就是"发"，表示财运兴旺；"四"就是"死"，表示霉运当头。"八"和"发"、"四"和"死"也存在着近音关系。

三、汉字意义的艺术

（一）人名

一些古人的名和字在意义上存在联系。这些联系包括：第一，意义相同。如欧阳修字永叔，《广雅·释诂》说"修，长"，《说文解字·永部》说"永，长也"。"修"和"长"是同义关系。第二，意义相反。如朱熹字元晦，"熹"有"明亮"义，"晦"则指黯淡无光，"熹"和"晦"是反义关系。第三，意义相关。如孔子的弟子颜回字子渊，《说文解字·水部》说"渊，回水也"。"回"和"渊"意义相关。再如，王维字摩诘。王维受佛学影响颇深，维摩诘是早期佛教的著名居士，"摩诘"与"维"组合起来正好是"维摩诘"。

人们有时还会将名与姓的意义联系起来。鲁迅原名周树人。许寿棠《亡友鲁迅印象记》载，1920 年年底，鲁迅曾当面对他说："因为《新青年》编辑者不愿意有别号一般的署名，我从前用过'迅行'的别号是你所知道的，所以临时命名如此，理由是：（一）母亲姓鲁，（二）周鲁是同姓之国，（三）取愚鲁而迅速之意。"可见这里巧妙地利用了"鲁"与"迅"意义上的联系。

茅盾原名沈雁冰。1927 年 8 月，茅盾遭蒋介石政府通缉，不能用真名发表作品，在完成《幻灭》的写作后，署名"矛盾"投寄《小说月报》。取"矛盾"这个名字，是因为看到了生活中和思想上的很多矛盾。代理《小说月报》编务的叶圣陶先生觉得"矛盾"二字一看便是假名，怕引起政府注意惹出麻烦，便在"矛"字上加了一个草头。可见，"茅盾"这个笔名首先来自"矛"与"盾"这一对反义词。之所以改"矛"为"茅"，是因为"茅"更适合作姓氏。

再如，"马识途"这个名字是从成语"老马识途"截取而来，"何所思"这个名字则来自《木兰辞》中的"问女何所思"。

人名中的汉字意义关系反映了我国古人对汉字意义的重视，这从《说文解字》以及其后众多研究《说文解字》的成果中也能体现出来。

（二）店名

店名选择中也会充分利用汉字的意义，以达到良好的宣传效果。

"好又多超市"（图 9）名称不但说明超市中的物品质量上乘，并且种类齐全，能够满足人们的多方面需求。图标中一个大大的"好"字非常醒目，更加容易让顾客产生信任感，能够更快地拉近与顾客之间的心理距离。

图9

"乐文书店"或者"文乐书店"都包含了"以文为乐"的思想，说明书店会使人在阅读的过程中获得享受。

再如，"好清香大酒楼"的店名给人以味觉上的美好感受，从而激发出人们前往品尝的愿望；"欢唱量贩式 KTV"的店名给人如身临其境、畅快歌唱的印象；"古道茶馆"的店名给人以古色古香的感觉，与茶文化的氛围非常吻合；"红豆家具"的店名使用了"红豆"的相思之意，表达了对家的深切感情。

（三）对联

1945 年，抗战胜利，中国大地上欢声雷动，当时有一副对联被人们广为传诵：

上联：中国捷克日本

下联：南京重庆成都

"捷克"与"中国"和"日本"一样，是国家的名称，但同时包含了"战胜"的意思；"重庆"和"成都"与"南京"一样，都是城市名，但又分别可以表达"重新庆祝"和"成为首都"的意思。因此，"中国捷克日本，南京重庆成都"合起来，表达了我国人民对于战胜日本，把首都重新迁至南京的无比喜悦之情。

（四）古诗

南北朝时期的《子夜歌》曰："始欲识郎时，两心望如一。理丝入残机，何悟不成匹。"该诗中的"匹"是一个多义词，表面上是指布匹，实际上是指"匹偶"，即配偶。这位女子本指望两情相悦，会有个美满的结局，没料到男子负心，留给她的是一缕织不成匹的乱丝，表达了对男子背约负心的痛心谴责。南朝民歌《作蚕丝》曰："绩蚕初成茧，相思条女密。投身汤水中，贵得共成匹。""匹"同样借"布匹"表达与心上人两情相悦的情感，寄托了女子希望与恋人结为连理的美好愿望。

三、结语

汉字是超时空的，可以跨越时间和空间的界限，因此非常有利于我国民俗文化的传承与发展。而民俗学的内容非常丰富，我们上面所举的内容只是其中极少的一部分。党的二十大报告指出："中华优秀传统文化源远流长、博大精深，是中华文明的智慧结晶，其中蕴含的天下为公、民为邦本、为政以德、革故鼎新、任人唯贤、天人合一、自强不息、厚德载物、讲信修睦、亲仁善邻等，是中国人民在长期生产生活中积累的宇宙观、天下观、社会观、道德观的重要体现，同科学社会主义价值观主张具有高度契合性。"如果能够充分挖掘民俗学中的汉字文化元素，将会对大力弘扬中华优秀传统文化起到重要的作用。

参考文献

[1] 辞海编辑委员会 . 辞海（第七版，缩印本）[M]. 上海：上海辞书出版社，2022:1566.

[2] 顾军 . 容易读错的姓名多音字例析 [J]. 学语文，2014（4）:66-69.

[3] 魏嘉瓒，张菊华 . 美名：现代名人名字趣谈（上）[M]. 上海：文汇出版社，2016:3.

[4] 顾军 .《现代汉语词典》的封面题字是否合乎规范——兼论语言文字的历史观问题 [J]. 学语文，2022（3）:83-85.

[5] 张壮年，高乐雅 . 中国人绰号故事 [M]. 济南：齐鲁书社，2020:242-243.

[6] 中国民间文学集成全国编辑委员会，中国民间文学集成广西卷编辑委员会 . 中国谚语集成·广西卷 [M]. 北京：中国 ISBN 中心，2008.

[7] 许寿裳 . 亡友鲁迅印象记 [M]. 武汉：长江文艺出版社，2019:46-47.

[8] 谢艳明 . 名字与文化 [M]. 上海：上海交通大学出版社，2015:44.

[9] 习近平 . 高举中国特色社会主义伟大旗帜　为全面建设社会主义现代化国家而团结奋斗——在中国共产党第二十次全国代表大会上的报告（单行本）[M]. 上海：上海人民出版社，2022:18.

后 记

　　距离上辑《美哉汉字》的出版已经过去了三年，过去的三年是受到全球疫情影响导致理论研究较为困难的三年，线下的活动转为线上，实地调研与访谈也不得不改换形式或者取消。然而让我们感动不已的是各位受邀学者仍不遗余力地支持我们的活动，他们利用网络的便捷，身在千里之外，在忙碌的工作之中将自己的学术研究成果通过我们的平台与大家进行分享。他们的敬业精神也让我们不敢懈怠，尽我们所能将这些精神食粮集结成册，与诸位字体及文字研究的同仁共享，并期待大家的批评指正。

　　有汉字记载的历史颇为漫长，作为"汉字"大国的设计师，深感汉字字体设计背后的沉重分量，越是深究，越是觉得所学所做如沧海一粟，唯有兢兢业业加倍努力，才能敬惜字纸无愧于心。我们不断地与行业内外的语言学家、文字学家、史学家、收藏家、书法家、视觉设计师、字体设计师沟通互动，期望能在专业内涵、外延上扩展并深入，能站在更高、更广的层面上认识汉字字体设计，推动汉字字体设计理论发展。

　　花已开三季，日历换三台；树木长三寸，匆匆又三年。期望这本书的完成能为中国的汉字字体设计添砖加瓦，正如明代文学家陈继儒的《以书为利》所言，"天下之事，利害常相伴；存全利而无少害者，唯书。不问贵贱，贫富、老少！观一卷，则有一卷之益；观一日，则有一日之益"。这也是本书的期望。

王静艳　计国彦　孙明远